DOS HERMANOS

LARRY TREMBLAY

Dos hermanos

Traducción de **Iballa López Hernández**

NUBE DE TINTA

Dos hermanos

Título original: *L'orangeraie*

Primera edición en España: abril de 2016
Primera edición en México: julio de 2016

D. R. © 2013, Éditions Alto

D. R. © 2016, Penguin Random House Grupo Editorial, S. A.
Travessera de Gràcia, 47-49, 08021, Barcelona

D. R. © 2016, de la presente edición en castellano para todo el mundo:
Penguin Random House Grupo Editorial, S. A. de C. V.
Blvd. Miguel de Cervantes Saavedra núm. 301, 1er piso,
colonia Granada, delegación Miguel Hidalgo, C. P.11520,
Ciudad de México

www.megustaleer.com.mx

D. R. © 2016, Iballa López Hernández, por la traducción

ISBN: 978-607-31-4576-3

Impreso en México – *Printed in Mexico*

El papel utilizado para la impresión de este libro ha sido fabricado a partir de madera procedente
de bosques y plantaciones gestionadas con los más altos estándares ambientales, garantizando
una explotación de los recursos sostenible con el medio ambiente y beneficiosa para las personas.

Penguin
Random House
Grupo Editorial

Para Joan

AMED

Si Amed lloraba, Aziz también lloraba. Si Aziz reía, Amed también reía. «Terminarán casándose», solía decir la gente para burlarse de ellos.

Su abuela se llamaba Shahina y, debido a su falta de vista, no había día en que no los confundiera. Los llamaba «mis dos gotas de agua en el desierto». Les decía: «Dejen ya de tomarse de la mano, que me parece estar viendo doble». También decía: «Un día ya no quedarán gotas, habrá agua, sólo agua». Podría haber dicho: «Un día habrá sangre, sólo sangre».

Amed y Aziz hallaron a sus abuelos entre los escombros de su casa. La abuela tenía el cráneo destrozado por una viga. El abuelo yacía en la cama, despedazado por la bomba lanzada desde la ladera de la montaña por la que el sol se ocultaba todas las tardes.

Cuando cayó la bomba, aún era de noche, pero Shahina ya estaba levantada. Encontraron su cuerpo en la cocina.

—¿Qué hacía en la cocina de madrugada? —preguntó Amed.

—Nunca lo sabremos a ciencia cierta. Quizás estaba preparando un pastel en secreto —contestó su madre.

—¿Por qué en secreto? —preguntó Aziz.

—Tal vez para darle una sorpresa a alguien —sugirió Tamara a sus dos hijos, barriendo el aire con la mano como si estuviera ahuyentando una mosca.

La abuela Shahina acostumbraba hablar sola. En realidad, le gustaba hablarle a todo lo que la rodeaba. Los muchachos la habían visto haciéndoles preguntas a las flores del jardín y conversando con el arroyo que fluía entre sus casas. Podía pasarse horas y horas agachada susurrándole palabras al agua. A Zahed le avergonzaba que su madre se condujera de tal manera. Solía reprocharle que diera mal ejemplo a sus hijos y le gritaba: «¡Te comportas como una loca!», ante lo cual Shahina bajaba la cabeza y cerraba los ojos en silencio.

Un día Amed le dijo a su abuela:

—Oigo una voz en mi cabeza. Habla sola. No consigo que se calle, dice cosas raras. Es como si hubiera alguien escondido dentro de mí, una persona mayor que yo.

—Cuéntame, Amed, cuéntame, ¿qué cosas raras te dice?

—No puedo contártelas, se me olvidan sobre la marcha.

Era mentira. No se le olvidaban.

Aziz sólo estuvo una vez en la ciudad grande. Su padre, Zahed, alquiló un coche y contrató a un chofer. Se marcharon al alba. Aziz veía desfilar el paisaje nuevo tras la ventanilla de la portezuela. Le parecía hermoso el espacio que el coche hendía. Le parecían hermosos los árboles que se perdían de vista ante sus ojos. Le parecían hermosas las vacas con cuernos tapizados de rojo, serenas como enormes piedras dispuestas sobre el suelo abrasador. El júbilo y la ira zarandeaban la carretera. Aziz se retorcía de dolor. Y sonreía. Su mirada anegaba el paisaje de lágrimas, y el paisaje era como la imagen del país.

Zahed le había dicho a su mujer:

—Lo llevo al hospital de la ciudad grande.

—Voy a rezar por él, y su hermano Amed también va a hacerlo —se había limitado a contestar Tamara.

Cuando el chofer anunció al fin que se aproximaban a la ciudad, Aziz se desmayó y no vio nada de las maravillas de las que tanto había oído hablar. Recobró el conocimiento en una cama. Se encontraba en una habitación en la que había otras camas, otros niños acostados. Le pareció estar tumbado en todas aquellas camas. Le pareció que el dolor extremadamente intenso le había multiplicado el cuerpo. Le pareció que deliraba de sufrimiento en todas aquellas camas, dentro de todos aquellos cuerpos. Un médico se inclinó sobre él. Aziz percibió su perfume especiado. Tenía aspecto bondadoso, le sonreía. No obstante, le daba miedo.

—¿Has dormido bien?

Aziz no contestó. El médico se irguió y su sonrisa languideció. Abordó a su padre, y ambos salieron de la espaciosa habitación. Zahed tenía los puños crispados y la respiración agitada.

Al cabo de varios días, Aziz empezó a encontrarse mejor poco a poco. Le hicieron tomar un mejunje espeso por la mañana y por la noche. Era de color rosa. A él no le gustaba, pero lograba calmarle el dolor. Su padre iba a verlo a diario. Le dijo que se había alojado en casa de su primo Kacir. Fue cuanto le dijo. Zahed lo miraba en silencio, le palpaba la frente. Tenía la mano dura como una rama. En una ocasión, Aziz se despertó sobresaltado. Su padre lo estaba contemplando sentado en una silla, y su mirada lo asustó.

En la cama de al lado había una niña que se llamaba Naliffa. Ésta le dijo a Aziz que el corazón le había crecido mal dentro del pecho. «El corazón me ha crecido al revés, ¿sabes?, la punta no está en su sitio.» También se lo contaba a los demás niños que dormían en la amplia habitación del hospital, y es que Naliffa hablaba con todo el mundo. Una noche, Aziz se puso a proferir bramidos en sueños. A Naliffa le dio miedo. Al alba le contó todo cuanto había visto.

—Los ojos se te quedaron blancos como bolitas de masa y te pusiste de pie en la cama, haciendo aspavientos con los brazos. Pensé que estabas jugando a asustarme. Te llamé, pero tu mente ya no estaba en tu cabeza. Había desaparecido no se sabe dónde. Luego vinieron las enfermeras y colocaron un biombo alrededor de tu cama.

—Tuve una pesadilla.

—¿Por qué existen las pesadillas? ¿Lo sabes?

—No lo sé, Naliffa. Mamá suele decir: «Eso sólo lo sabe Dios».

—Mi madre dice lo mismo: «Eso sólo lo sabe Dios». También dice: «Ha sido así desde la noche de los tiempos». La noche de los tiempos, según me explicó, fue la primera noche del mundo. Todo estaba tan oscuro que el primer rayo de sol que atravesó la noche lanzó un alarido de dolor.

—La que debió de lanzar un alarido fue la noche, puesto que la atravesaron a ella.

—Sí, puede ser —dijo Naliffa—… tal vez.

Pasados unos días, Zahed le preguntó a Aziz por la niña de la cama de al lado. Aziz le respondió que su madre había ido a buscarla porque se había curado. Su padre agachó la cabeza, no dijo nada. Al cabo de un buen rato volvió a levantarla, siguió sin decir palabra y después se inclinó sobre su hijo y le dio un beso en la frente. Era la primera vez que lo hacía, y a Aziz le brotaron las lágrimas. Entonces su padre murmuró: «Mañana nosotros también volvemos a casa».

Aziz regresó con su padre y el mismo chofer. Durante el trayecto iba mirando cómo la carretera huía por el retrovisor. Zahed producía un silencio extraño, fumaba dentro del coche. Le había llevado un pastel y unos cuantos dátiles. Antes de llegar a casa, Aziz le preguntó si estaba curado. «No volverás al hospital. Nuestras plegarias han sido atendidas», dijo poniéndole su ancha mano en la cabeza. Aziz se sentía feliz. Tres días después, la bomba que arrojaron desde la otra ladera de la montaña hendía la noche y mataba a sus abuelos.

El día en que Zahed y Aziz regresaron de la ciudad grande, Tamara recibió una carta de su hermana Dalimah, que se había marchado a América unos años antes para hacer unas prácticas de informática. La habían seleccionado de entre un centenar de candidatos, lo cual era todo un triunfo, pero desde entonces no había vuelto a su país. Dalimah le escribía a su hermana con frecuencia, si bien las respuestas de Tamara eran cada vez más escasas. En sus cartas describía su vida. Allí no había guerra, eso era lo que la hacía tan feliz. Y tan atrevida. A menudo proponía mandarle dinero a Tamara, pero ésta rechazaba su ayuda con sequedad.

En la carta, Dalimah le anunciaba que estaba embarazada de su primer hijo. Le escribía proponiéndole que fuera a vivir con ella. Ya se las arreglaría para hacerlos entrar a ella y a los gemelos en América. Le daba a entender a Tamara que tendría que abandonar a Zahed, dejarlo solo con su guerra y sus huertos de naranjos.

«¡Cuánto ha cambiado en tan pocos años!», se repetía Tamara.

Había días en los que odiaba a su hermana. Estaba resentida con ella: ¿cómo podía ocurrírsele que abandonaría a su marido? No dejaría a Zahed. No. Ella también lucharía, aunque Dalimah le escribiera que su guerra era inútil, que sólo habría perdedores.

Hacía mucho que Zahed había dejado de preguntar por ella. Para él, Dalimah estaba muerta. No quería siquiera tocar sus cartas. «No quiero que me ensucien», decía con asco. El marido de Dalimah era ingeniero. Ella nunca lo mencionaba en sus misivas, sabía que su familia lo consideraba un hipócrita y un cobarde. Era de la otra ladera de la montaña. Un enemigo. Había huido a América. Había contado horrores y mentiras sobre su pueblo con el propósito de que lo acogieran. Eso era lo que creían Tamara y Zahed. ¿Cómo era posible que al llegar allí Dalimah no hubiera encontrado nada mejor que hacer que casarse con un enemigo? ¿Cómo se había atrevido? «Dios lo puso en mi camino», les escribió en una ocasión. «Vaya idiotez —pensaba Tamara—. América le ha nublado el entendimiento. ¿Qué espera? ¿Que los amigos de su marido nos exterminen a todos? ¿En qué estaría pensando cuando se casó con él?, ¿creía que con eso iba a contribuir al proceso de paz? En el fondo siempre ha sido una egoísta. ¿De qué sirve hacerla partícipe de nuestras desgracias? Quién sabe, a lo mejor a su marido le alegran.»

En la breve respuesta que dio ese día a la carta de su hermana, Tamara no mencionó que Aziz había estado internado en el hospital. Ni que una bomba acababa de matar a sus suegros.

A su casa llegaron varios hombres en un jeep. Amed y Aziz divisaron una nube de polvo en la carretera que pasaba por allí. Estaban en el naranjal, donde Zahed había querido enterrar a sus padres. Acababa de arrojar la última paletada de tierra y tenía la frente y los brazos bañados en sudor. Tamara lloraba y se mordía el interior de las mejillas. El jeep se detuvo en el borde de la carretera y de él se bajaron tres hombres. El más alto llevaba una metralleta en las manos. En lugar de acercarse al naranjal de inmediato, encendieron unos cigarrillos. Amed dejó caer la mano de su hermano y se arrimó a la carretera. Quería oír lo que decían los tres hombres, pero no alcanzó a hacerlo. Hablaban demasiado bajo. El más joven terminó por dar varios pasos hacia él. Amed reconoció a Halim. Había cambiado mucho.

—¿Te acuerdas de mí? Soy Halim. Nos conocimos en la escuela del pueblo. Cuando aún había escuela —dijo, y se echó a reír.

—Sí me acuerdo de ti, eras el único de los mayores que nos hablaba a mí y a mi hermano. Te ha salido barba.

—Queremos ver a Zahed, tu padre.

Amed se dirigió de vuelta al naranjal seguido de los tres hombres. Zahed fue a su encuentro. El muchacho vio cómo a su madre se le endurecía la mirada. Ella le ordenó a gritos que se acercara adonde estaba. Los hombres hablaron con su padre largo y tendido. Las palabras se perdían en el viento. Tamara se dijo que aquel día estaba maldito, que aquel día era el primero de muchos días malditos. Observaba a su marido, que permanecía cabizbajo mirando el suelo. Halim le hizo señas a Amed para que se reuniera con el grupo de hombres, y Amed se desasió de los brazos de su madre, que sujetaba a sus dos hijos contra el vientre. Zahed le puso la mano en la cabeza a la par que decía con orgullo:

—Éste es mi hijo Amed.

—¿Y el otro muchacho? —preguntó el hombre de la metralleta.

—Es Aziz, su hermano gemelo.

Los hombres se quedaron hasta que se hizo de noche. Zahed les mostró los restos de la casa de sus padres. Todos alzaron la cabeza en dirección a la montaña como si estuvieran buscando en el cielo la estela dejada por la bomba. Tamara hizo té y mandó a los niños a su habitación. Más tarde, ambos vieron por la ventana al hombre de la metralleta, que se dirigía al jeep para regresar al poco tiempo con una bolsa en las manos. Les pareció oír a su madre gritando. Luego los hombres se marcharon, y en la oscuridad de la noche resonó durante mucho rato el zumbido del jeep alejándose. Amed estrechó a su hermano entre sus brazos y al fin se quedó dormido.

Al día siguiente, Aziz le dijo:

—¿Te has fijado en que ya nada hace el mismo ruido y en que el silencio parece esconderse, como si estuviera preparando una mala pasada?

—Has estado enfermo, por eso imaginas cosas.

Pero Amed sabía que su hermano llevaba razón. Por la ventana de su habitación vislumbró a su madre. La llamó, pero ella se alejó. Le pareció que estaba llorando. La vio desaparecer tras las amarilis. Hacía un año que su abuela Shahina las había plantado. Estaban ya enormes y sus flores abiertas engullían la luz. Amed y Aziz bajaron al piso principal. Su madre no había preparado el desayuno. Su padre no había pegado ojo, se le notaba en el rostro demacrado. Estaba sentado en el entarimado de la cocina. ¿Qué hacía allí solo? Era la primera vez que los muchachos lo veían sentado en el suelo de la cocina.

—¿Tienen hambre?

—No.

Pero sí tenían hambre. Junto a su padre había una bolsa de tela.

—¿Qué es eso? —preguntó Aziz—. ¿Lo han dejado los hombres del jeep?

—No, no lo han dejado —contestó Zahed, indicándoles con un ademán que se sentaran a su lado. A continuación empezó a hablarles del hombre de la metralleta—: Se trata de un hombre importante —les dijo a sus hijos—, es del pueblo de al lado. Se llama Soulayed. Me habló con el corazón. Insistió en ver las ruinas de la casa de sus abuelos. Va a rezar por la salvación de sus almas. Es un hombre piadoso, un hombre instruido. Tras apurar el té, le tomó la mano a su padre y le dijo: «¡Qué tranquila es tu casa! Cierro los ojos y me invade el perfume de los naranjos. Tu padre, Mounir, dedicó toda su vida a labrar esta tierra árida. Esto era un desierto. Con la ayuda de Dios, tu padre obró un milagro: hizo crecer naranjos allí donde tan sólo había arena y piedras. No vayas a creer que porque venga a tu casa con una metralleta no tengo la vista y el oído de un poeta. Oigo y veo aquello que es justo y bueno. Eres un hombre de gran corazón. Tu casa está limpia. Cada cosa está en su sitio. El té de tu mujer es delicioso. Ya sabes lo que se suele decir: un buen té es aquel que no lleva poca ni demasiada azúcar, sino la justa. El de tu mujer está justo en medio. El arroyo que corre entre tu casa y la de tu padre también se encuentra justo en medio. Desde la carretera, es lo primero que se aprecia, esa belleza que se halla justo en medio. Zahed, a tu padre lo conocían en toda la comarca. Era un hombre justo. Sólo un hombre justo pudo transformar esta tierra sin rostro en un paraíso. Las aves nunca se equivocan en lo que al paraíso se refiere. Lo reconocen enseguida, incluso cuando se ocultan a la sombra de las montañas. Dime, Zahed, ¿sabes cómo se llaman las aves cuyo canto estamos oyendo en estos instantes? Lo más probable es que no. Son demasiadas, y su canto es extremadamente sutil. Por la ventana veo algunas cuyas alas lanzan destellos azafranados. Esas aves han venido desde muy lejos. Ahora sus colores vivos se mezclan con los del naranjal, donde acabas de enterrar a tus padres, y su canto resuena como una bendición. Pero ¿acaso esas aves sin nombre son capaces de aplacar tu dolor?

¿Pueden darle otro nombre a tu luto? No. Tu luto se llama venganza. Escúchame atentamente, Zahed: en los pueblos vecinos han destruido otras casas. Muchos han muerto por culpa de los misiles y de las bombas. Nuestros enemigos quieren apoderarse de nuestra tierra. Quieren nuestra tierra para construir sus casas y preñar a sus mujeres. Cuando hayan invadido nuestros pueblos, podrán adentrarse en la ciudad grande. Matarán a nuestras mujeres. Convertirán a nuestros hijos en esclavos. Y ése será el fin de nuestro país. Nuestra tierra quedará mancillada por sus pasos, por sus escupitajos. ¿Crees que Dios va a permitir semejante sacrilegio? ¿Lo crees de veras, Zahed?».

»Eso fue lo que Soulayed le dijo a su padre.

Amed y Aziz no se atrevían a moverse ni a pronunciar palabra. Su padre nunca les había hablado tanto rato seguido. Zahed se levantó y dio varios pasos por la estancia. Amed le susurró a su hermano:

—Está reflexionando. Anda así cuando reflexiona.

Pasado un buen rato, Zahed abrió la bolsa que habían dejado los hombres del jeep. En su interior había un extraño cinturón. Lo desenrolló. Era tan pesado que tuvo que sujetarlo con ambas manos para levantarlo.

—Lo trajo Soulayed —de nuevo se dirigía a sus hijos—. Al principio no entendía lo que me estaba mostrando. Halim se puso el cinturón. Fue entonces cuando comprendí por qué esos hombres habían venido a verme. Su madre entró con más té, vio a Halim y se puso a gritar. Volcó la bandeja, la tetera cayó al suelo y uno de los vasos se hizo añicos. Le pedí que lo recogiera todo y fuera por más té. Me disculpé ante Soulayed. Su madre no tendría que haber gritado.

Aziz quiso tocar el cinturón, pero su padre lo apartó, volvió a introducir el cinturón en la bolsa y abandonó la estancia. Desde la ventana, Amed y Aziz vieron cómo desaparecía por los naranjales.

Tamara no hablaba muy a menudo con su marido. De hecho, prefería los silencios a las habituales riñas. Se amaban tal como debían amarse bajo la mirada de Dios y de los hombres.

Antes de reunirse con su marido, ya acostado, solía ir al jardín. Se sentaba en el banco que había frente a las rosas e inhalaba los intensos aromas que ascendían de la tierra mojada. Se dejaba arrullar por la música de los insectos y alzaba la cabeza buscando la luna con los ojos. La miraba como si se tratara de una vieja amiga con la que iba allí a reunirse. Algunas noches, la luna le hacía pensar en la marca de una uña en la carne del cielo. Le gustaba ese momento en que se hallaba sola ante el infinito. Sus hijos dormían, su marido la aguardaba en su alcoba, y ella existía tal vez como una estrella que brillaba para mundos desconocidos. Al contemplar el cielo, Tamara se preguntaba si la luna habría sentido deseos de morir, de desaparecer para siempre de la faz de la noche y dejar a los hombres huérfanos de su luz. Aquella mísera luz que había tomado prestada de la del sol.

Bajo el cielo tachonado de estrellas, a Tamara no le atemorizaba hablar a Dios. Le daba la impresión de que Lo conocía mejor que a su marido. Las palabras que Le susurraba se perdían en el rumor del arroyo. Con todo, albergaba la esperanza de que éstas pudieran llegar hasta Él.

Cuando los hombres del jeep se marcharon de su casa, Zahed se empeñó en regalarles naranjas y pidió a su mujer que lo ayudara a llenar dos grandes canastos. Ella se negó. Esa noche, Tamara permaneció mucho más tiempo del acostumbrado en el banco donde le gustaba sentarse en la soledad de la noche. No se atrevía a pronunciar las palabras que le quemaban la lengua, así que esa vez su plegaria fue silenciosa: «Tu nombre es grande; mi corazón, demasiado pequeño para abarcarlo por completo. ¿Qué puede importarte la plegaria de una mujer como yo? Mis labios rozan apenas la sombra de Tu primera sílaba. Pero dicen que Tu corazón es mayor que Tu nombre. El corazón de una mujer como yo puede oír Tu corazón en su interior, por muy grande que éste sea. Es lo que dicen cuando hablan de Ti y no hacen sino decir la verdad. Pero ¿por qué se ha de vivir en un país en el que el tiempo apenas alcanza a realizar su cometido? A la pintura no le da tiempo a desconcharse, a las cortinas no les da tiempo a amarillear, a los platos no les da tiempo a desportillarse. Las cosas nunca se pasan, los vivos son siempre más lentos que los muertos. Los hombres de nuestro país envejecen más deprisa que sus mujeres y se resecan como hojas de tabaco. Sus huesos se mantienen en su sitio gracias a la ira. Sin ella se desplomarían sobre el polvo para nunca más levantarse. El viento los haría desaparecer en una borrasca, y entonces tan sólo se oiría el gemido de sus mujeres en la noche. Escúchame, tengo dos hijos. Uno es la mano; el otro, el puño. Uno toma, el otro da. Un día es uno; un día, el otro. Te lo suplico, no te los lleves a los dos».

Así rezó Tamara la noche en la que había rehusado llenar de naranjas los dos canastos que su marido regaló a los hombres del jeep.

Desde que un bombardeo había destruido la escuela del pueblo, Tamara hacía las veces de profesora. Todas las mañanas sentaba a los dos muchachos cerca de los enormes calderos de fondo ennegrecido de la cocina, sin ocultar el deleite que le producía esa nueva función. En un principio se habló de volver a construir la escuela, pero en el pueblo nadie se ponía de acuerdo sobre el sitio, de modo que las familias llevaban varios meses arreglándoselas como podían. Amed y Aziz no se quejaban, les gustaba sentirse rodeados de los olores de la cocina, de cuyo techo pendían ramilletes de menta fresca y ristras de ajos. Habían incluso progresado: Amed escribía mejor, y Aziz, a pesar de su hospitalización, abordaba las tablas de multiplicar con mayor denuedo.

Dado que los muchachos no tenían más libros a mano, una mañana a Tamara se le ocurrió confeccionar unos cuadernos con papel de estraza usado para que ellos, los jóvenes escritores de cocina, emborronaran con sus cuentos las páginas arrugadas de tan singulares libros. Enseguida se entusiasmaron con la idea. Amed llegó incluso a inventar un personaje al que hacía vivir aventuras imposibles. Éste se dedicaba a explorar planetas lejanos, excavar túneles en el desierto y fulminar a criaturas submarinas. Le había puesto el nombre de Dôdi y plantado dos bocas, una pequeñísima y otra grandísima. Dôdi utilizaba la boca pequeña para comunicarse con los insectos y los microbios, y la grande para atemorizar a los monstruos, contra los que luchaba con arrojo. A veces hablaba con ambas bocas a un tiempo, por lo que las palabras que pronunciaba se distorsionaban de forma cómica, creando nuevos términos y frases entrecortadas que hacían reír a los jóvenes escritores en ciernes. Tamara lo pasaba en grande. Pero desde la noche del bombardeo y la muerte de los abuelos, los cuadernos improvisados no contaban más que historias tristes y crueles, y Dôdi había enmudecido.

Una semana después de la visita de los hombres del jeep, la voz lejana de Zahed llegó hasta la cocina, donde Amed y Aziz trabajaban con desgano en sus cuadernos.

Los estaba llamando desde el naranjal; allí pasaba doce horas al día escardando, regando y examinando cada árbol. Sin embargo, no era su hora de descanso. Amed y Aziz dejaron los lápices y corrieron hacia donde estaba su padre, ansiosos por averiguar lo que quería. Tamara salió de la casa. Zahed le hizo señas para que se acercara, pero ella cabeceó y entró de nuevo. Zahed la insultó delante de sus hijos, cosa que nunca había hecho. Amed y Aziz ya no reconocían a su padre. No obstante, cuando empezó a hablar, lo hizo con voz más serena de lo habitual:

—Hijos, miren qué luz más pura. Levanten la cabeza; miren, tan sólo hay una nube deslizándose en el cielo. Es muy alta y se estira lentamente. En unos segundos no será más que un filamento disuelto en el azul del cielo. Miren. ¿Lo ven? Ha dejado de existir. Todo es azul. Qué extraño, hoy no hay brisa. Esa montaña lejana parece estar soñando. Hasta las moscas han dejado de zumbar, y a nuestro alrededor los naranjos respiran en silencio. ¿Por qué tanta quietud, tanta belleza?

Amed y Aziz no sabían qué contestar ante la sorprendente pregunta de su padre. Zahed los tomó de la mano y los condujo hasta el fondo del huerto, al lugar en el que había enterrado a sus padres, y los hizo sentar en la tierra ardiente.

—¿No les parece que la tumba de los abuelos nos está diciendo que descansan en paz? ¿Qué mal han hecho para merecer esta muerte atroz? Escúchenme: el hombre con el que vino Soulayed el otro día se llama Kamal, es el padre de Halim.

Amed y Aziz permanecieron en silencio.

—Conocen a Halim, ¿verdad? ¿No quieren responderme? Sé que lo conocen. La otra tarde, cuando Soulayed terminó de hablar, el padre de Halim, Kamal, habló a su vez conmigo. No tenía una voz tan firme como la de Soulayed. Me dijo: «Zahed, tienes ante ti a un gran pecador. No merezco estar en tu presencia. Tal y como ha dicho Soulayed, eres el digno hijo de Mounir, tu padre, cuya fama trascendió hace mucho los muros de su casa. Es preciso estar en armonía con Dios para conseguir lo que tu padre hizo con sus dos manos. Qué lástima contemplar su casa destruida. Qué vergüenza. Qué dolor. Acepta las miserables plegarias de este pecador. Me doy golpes de pecho, voy a rezar por el alma de tus padres».

»Y Kamal se dio tres golpes sobre el corazón con el puño. Así —insistió Zahed, reproduciendo para sus hijos el gesto del hombre.

»Kamal siguió diciendo: "Dios te ha bendecido dos veces, Zahed. Considérate afortunado, ha puesto dos hijos idénticos en el vientre de tu mujer. Mi mujer murió al dar a luz a nuestro único hijo. Halim es lo más valioso que Dios me ha dado. Aun así, le pegué. Mira, todavía se le aprecian las marcas en el rostro. Le pegué cuando me anunció su decisión. Cerré los ojos y lo golpeé como si de un muro se tratara. Cerré los ojos porque no habría sido capaz de golpear a mi hijo a plena luz del día. Cuando los abrí, vi la sangre. Volví a cerrarlos y lo golpeé con más fuerza. Abrí los ojos de nuevo. Halim no se había movido, permanecía erguido frente a mí, con los ojos arrasados en lágrimas rojas. Que Dios me perdone, no soy más que un miserable pecador. No lo comprendí. No quise comprender su decisión".

» "Ahora la entiendes", le dijo Soulayed a Kamal antes de ir a buscar el cinturón al jeep.

»Durante la ausencia de Soulayed, Halim se inclinó hacia mí y me dijo, como si me estuviera revelando un secreto: "Zahed, escucha: antes de conocer a Soulayed, maldecía a mi madre por no haber muerto con ella. ¿De qué sirve nacer en un país que sigue buscando un nombre? No conocí a mi madre y nunca llegaré a conocer mi país. Pero Soulayed se me acercó. Un día me abordó y me dijo: 'Conozco a tu padre, voy a su puesto para poner suelas nuevas a mis botas. Kamal es un buen artesano, trabaja bien, pide un precio justo por su trabajo, pero es un hombre desdichado. Y tú, su hijo, eres aún más desdichado que él. Halim, no basta con pronunciar el nombre de Dios. Te he estado observando durante la oración. ¿Dónde está tu fuerza? ¿Por qué te prosternas entre tus hermanos para implorar a Dios? Tienes la boca igual de vacía que el corazón. ¿Quién quiere de tu desgracia, Halim? Dime, ¿quién puede alimentarse de tu lamento? Ya has cumplido quince años y todavía no has hecho nada de esta vida que Dios te ha dado. Para mí no vales más que nuestros enemigos. Tu apatía nos debilita y nos avergüenza. ¿Dónde está tu ira? No la oigo. Escúchame, Halim, nuestros enemigos son unos perros. Crees que se parecen a nosotros porque tienen rostro de hombre. Es una ilusión. Míralos con los ojos de tus antepasados y verás con qué están hechos realmente esos rostros. Están hechos con nuestra muerte. En un solo rostro enemigo puedes ver mil veces nuestra destrucción. Nunca olvides lo siguiente: cada gota de tu sangre es mil veces más valiosa que un millar de sus rostros'".

»Cuando Soulayed regresó con el cinturón, el silencio se apoderó de la noche —dijo por último Zahed a sus dos hijos, que lo escuchaban sentados a la lánguida sombra de los naranjos.

Impresionados por el relato de su padre, Amed y Aziz cayeron en la cuenta de que la vida en el naranjal nunca volvería a ser igual. Era la segunda vez en pocos días que se dirigía a ellos con tanta gravedad; él, que no era una persona demasiado locuaz. Zahed se levantó con dificultad y encendió un cigarrillo. Fumó lentamente, y con cada calada parecía dar vueltas en su mente a pensamientos abrumadores, angustiosos.

—Halim va a morir —anunció a bocajarro al tiempo que aplastaba la colilla—. A mediodía, cuando el sol brille en su cénit, Halim morirá.

Se sentó junto a sus hijos y los tres aguardaron en silencio a que el sol se encontrara exactamente por encima de su cabeza. A mediodía, Zahed pidió a los niños que miraran el sol, cosa que hicieron. Al principio, la luz les hizo entornar los ojos, pero después lograron evitar que se les cerraran. Los tenían húmedos de lágrimas. Su padre miró fijamente el sol mucho más tiempo que ellos.

—Ahora Halim se halla cerca del sol.

—¿Por qué? —preguntó Aziz.

—Unos perros disfrazados. Nuestros enemigos son perros disfrazados. Nos tienen rodeados. En el sur han cerrado nuestras ciudades con muros de piedra. Halim se dirigió hacia allí. Cruzó la frontera, Soulayed le explicó cómo hacerlo. Pasó por un túnel secreto y después subió a un autobús atestado y a mediodía se hizo volar por los aires.

—Pero ¿cómo?

—Con un cinturón de explosivos, Aziz.

—¿Como el que hemos visto?

—Sí, Amed, como el que han visto en la bolsa. Escúchenme con atención: antes de irse, Soulayed se acercó a mí y me susurró al oído: «Tienes dos hijos. Han nacido al pie de la montaña que delimita nuestro país al norte. Muy pocos conocen tan bien como tus hijos los secretos de esa montaña. ¿Acaso no han dado con la forma de pasar al otro lado? Lo han hecho, ¿no es cierto? Debes de preguntarte cómo lo sé. Halim me lo contó y a él se lo contaron tus propios hijos a su vez».

Una vez dicho esto, Zahed los agarró bruscamente del cuello, levantándolos del suelo. Con la mano derecha sujetaba a Amed, y con la izquierda, a Aziz. Parecía fuera de sí. Amed y Aziz tenían la impresión de que la tierra se había echado a temblar y las naranjas en derredor iban a desprenderse de las ramas a millares.

—¡¿Es eso cierto?!—gritó su padre—. ¡¿Qué le contaron a Halim?! ¡Pero ¿qué le fueron a contar a ese muchacho que acaba de hacerse explotar?!

Amed y Aziz, incapaces de hablar, rompieron a llorar.

Esa noche, Zahed fue a su habitación, cuando estaban acostados. Se inclinó sobre ellos. Su cuerpo formaba una masa informe en la penumbra. Les habló quedamente, les preguntó si dormían, pero ellos no contestaron. No dormían.

—Hombrecitos míos —siguió susurrándoles Zahed—, Dios sabe lo que hay en mi corazón, y ustedes también lo saben. Siempre me han honrado. Son buenos hijos. Cuando la bomba cayó en casa de los abuelos, mostraron mucho valor. Su madre está muy orgullosa de ustedes, pero no puede entender lo que ocurre en nuestro país, no quiere ver el peligro que se cierne sobre nosotros. Es muy desgraciada. No se despidió de Soulayed cuando se marchó. Es un hombre importante, lo ha insultado, no debería haberlo hecho. Soulayed va a volver, ¿lo entienden?, va a regresar para hablar con ustedes. Ahora descansen.

Depositó un beso en la frente de Amed y otro en la de Aziz, tal y como había hecho en el hospital. Cuando salió de la habitación, su olor persistió en ella.

Zahed tenía razón, Soulayed volvió al poco tiempo. Amed reconoció el zumbido del jeep al instante y salió corriendo de casa. Soulayed le hizo señas para que se acercara a él. Esta vez estaba solo.

—¿Quién eres, Amed o Aziz? —le preguntó.

—Soy Amed.

—Bueno, Amed, ve a buscar a tu hermano Aziz. Quiero hablar con los dos.

El muchacho regresó a la casa. Aziz no se había levantado aún porque, como estaba enfermo, su madre lo dejaba dormir. Amed lo sacudió.

—Deprisa, vístete, que Soulayed ha vuelto. Quiere hablar con nosotros.

Aziz abrió mucho los ojos y enarcó las cejas, asombrado. Hacía pensar en un cachorrito.

—¿Has oído lo que te he dicho? ¡Espabílate! Te espero abajo.

—Ya voy —farfulló su hermano, todavía aturdido por el sueño.

Al cabo de unos minutos, Amed y Aziz se acercaron al jeep con una mezcla de excitación y desconfianza.

—¿Qué están esperando? ¡Vamos, suban! —les dijo Soulayed con una sonrisa en los labios—. No teman, no me los voy a comer.

Puso la metralleta en la parte de atrás para hacerles un sitio a su lado. Cuando el jeep arrancó, Amed distinguió a su padre en el naranjal. Zahed se acercó a la carretera y los observó alejarse en el jeep.

Soulayed conducía rápido. A los muchachos les gustaba. Aziz iba sentado entre Soulayed y su hermano. Nadie hablaba. Abandonaron la carretera y enfilaron el camino de tierra que conducía a la montaña. El viento silbaba y el polvo que levantaban a su paso los escocía en los ojos. Los muchachos divisaron el cadáver de un animal. Soulayed lo sorteó de un volantazo. Amed le preguntó qué era, pero Soulayed se encogió de hombros. Unos minutos después, el jeep se detuvo en seco. No podían ir más lejos, la montaña se alzaba ante ellos cerrando el horizonte con su mole azulada. Soulayed bajó del jeep y dio varios pasos.

—¿Qué está haciendo? —le preguntó Amed en voz baja a su hermano.

De repente se oyó un rumor de agua.

—Se vacía la vejiga —contestó Aziz ahogando la risa.

Al cabo de un momento que se les hizo larguísimo, Soulayed volvió y se sentó en el jeep. Encendió un cigarrillo, aspiró una larga bocanada de humo y señaló la montaña.

—Hace mucho tiempo solía venir aquí —les contó—. Tenía su edad. Venía en bicicleta con algunos amigos. La dejaba a la orilla del camino y me adentraba entre los peñascos. En esa época todavía había lobos, pero se han extinguido. Ahora sólo hay serpientes. También había bosquecillos de cedros gigantes. Unos árboles maravillosos. Hoy ya no queda más que un puñado en los alrededores. Miren, allí hay uno. ¿Lo ven? Cerca de la escarpa. Pues bien, a ese cedro lo conozco como si fuera mi hermano. Tiene al menos dos mil años, y de niño lo que más feliz me hacía era agarrarme a sus ramas y trepar hasta la más alta. Yo era el único de mi cuadrilla capaz de realizar semejante proeza. No me daba miedo, aunque notaba los efectos del vértigo. Tras sujetarme bien a la última rama, me pasaba horas y horas contemplando la llanura. Allá arriba tenía la sensación de ser otra persona. Veía el presente y el pasado al mismo tiempo. Me sentía inmortal, inalcanzable… No tenía más que girar la cabeza para contemplar las dos laderas de la montaña. En los días despejados, mi mirada se deslizaba por el cielo azul como las alas abiertas de un águila. Nada podía detenerla. Al este se vislumbraba la tierra amarilla de su abuelo Mounir. Yo lo trataba de loco. ¿A quién se le ocurría plantar árboles a este lado de la montaña? Lo insultaba. No temía hacerlo, sabía de sobra que no podía oírme. Nadie podía oírme cuando estaba encaramado a lo alto de ese árbol, nadie…

Soulayed dejó de hablar y escrutó el cielo como si escuchara pasar un avión. En él no se veía nada, ni siquiera un pájaro. El hombre le dio una última calada al cigarrillo, lanzó la colilla al aire de un capirotazo y tomó la metralleta. Se puso en pie y descargó el arma apuntándola hacia el cedro. Al oír la ráfaga, los niños se quedaron sin aliento y acabaron pegados al suelo del jeep. Soulayed tiró el arma y los agarró por el cuello como había hecho su padre en el naranjal. Tenía los brazos musculosos y una fuerza inmensa manaba de él.

—¿No adivinan —dijo con la voz henchida de orgullo— lo que podía ver con mi mirada de niño si la volvía hacia el oeste? No era esa franja de tierra árida en la que su abuelo se rompió los dedos, no. No tienen ni idea de lo que veía desde allá arriba. Al oeste había un valle en el que nuestros ancestros habían plantado unos jardines preciosos. Era el paraíso. Sí, todo un milagro. En lontananza, detrás de una larga hilera de eucaliptos, se apreciaba la entrada de un pueblo. Entre las casas, los habitantes habían plantado datileras y palmeras. Nuestra tierra se extendía hasta las estribaciones de la inmensa cadena montañosa que bordea el océano. En mi rama recitaba a voz en grito estas palabras de nuestro gran poeta Nahal:

El paraíso lo componen el agua, el sol, el cielo
y una mirada a la que nada detiene.
La mirada es la materia secreta del espacio.
No la maten nunca.

»Pero si subiera hoy a la copa de ese cedro enfermo, ¿tú qué verías? O tú, dime, ¿qué verías?

Soulayed zarandeó por los hombros a uno de los muchachos.

—Bueno, ¿qué?, ¿no contestas? ¿Qué verías hoy?

Lo sacudió hasta que le hizo daño. Amed no decía nada.

—¿Te comió la lengua el gato? ¿Y bien?

Amed estaba aterrado. Soulayed se bajó del jeep. Anduvo unos metros; luego volvió adonde estaban los niños y dio un fuerte puntapié en una de las ruedas del vehículo. En la comisura de los labios le brillaba algo de espuma.

—¡A la postre, fue su abuelo Mounir quien tenía razón! —gritó con amargura—. Plantó sus naranjos en el lado bueno de la montaña. ¡Vamos, bajen del jeep! No se queden ahí mirándome de ese modo, saben de sobra por qué los he traído aquí.

Soulayed los sacó a empellones del jeep. Amed tomó a su hermano de la mano. La suya le temblaba.

—Conocen este lugar, lo sé. Antes de los bombardeos acostumbraban venir. Yo mismo los vi un día con sus bicicletas. Se dirigían hacia aquí, ¿no es cierto? Estoy seguro de ello y sé por qué. Se lo contaron a Halim, y Halim me lo contó a mí.

—Nosotros no le contamos nada a Halim. Mintió —se apresuró a contestar Amed.

Soulayed sonrió al tiempo que posaba las manos sobre sus hombros.

—No temas, pequeño; no has hecho nada malo.

Amed se desasió de él y echó a correr en dirección al camino de tierra. Soulayed se volvió hacia el otro muchacho y le preguntó si era Amed o Aziz.

—Soy Aziz.

Entonces volvió la vista atrás y le gritó a Amed, que huía:

—¡Amed! ¡Amed, escucha! Halim me habló del día en que la cuerda de su cometa se rompió. Sé lo que sucedió ese día. Dios es grande. Fue Él quien la rompió. ¡Créeme, Amed, la rompió para que todo ocurra como tiene que ocurrir!

Amed se detuvo. Soulayed tomó a Aziz de la mano y lo arrastró hasta donde estaba su hermano. Los tres se sentaron a la sombra de un peñasco.

—Vinieron para volar su cometa. Todos los niños de la zona saben que éste es el mejor sitio para hacerlo, pero desde que empezaron los bombardeos nadie se aventura a venir hasta aquí. Ustedes siguieron haciéndolo a pesar del peligro, y su cuerda se rompió. Y al liberarse, la cometa salió volando como si, más allá de la costa, hubiera querido alcanzar la inmensidad del océano. Y, de pronto, el viento dejó de soplar. Como por arte de magia. Contemplaron cómo la cometa descendía desde el cielo y desaparecía al otro lado de la montaña, y fueron en su busca como si se tratara de la cosa más valiosa de este mundo, cuando no es más que papel y viento. Supongo que su cometa debía de ser fabulosa. Llena de colores vivos. Tal vez tenía forma de ave o de dragón. ¿De libélula, quizá?

—No, de nada de eso —dijo Aziz—. Fue el abuelo Mounir quien nos la hizo. Únicamente con papel y viento, como usted mismo acaba de decir.

—Y se pusieron a escalar la montaña, ¿no es cierto? ¡Contesten!

—Teníamos que volver a casa con la cometa, de lo contrario nuestro padre nos habría hecho preguntas —explicó Amed.

—Sí —prosiguió Aziz, e imitó la voz de su padre—: «¿Dónde la han perdido? No tienen corazón, ¡cómo pudieron perder el regalo que les hizo su abuelo! ¿Adónde fueron?».

—Habría esperado una respuesta —siguió Amed—. Y le habríamos dicho la verdad, no podemos mentir a nuestro padre.

—Eso está bien, nunca se debe mentir a quien les ha dado la vida.

—Si se hubiera enterado de que vinimos hasta aquí, nos habría matado —dijo Aziz—. Teníamos que volver con la cometa. Empezamos a subir la montaña. No es muy alta, y en ella hay algo parecido a un camino, que serpentea entre los peñascos. Fue fácil seguirlo. Reíamos. Era emocionante subir tan alto y ver el valle allá abajo y, en la distancia, la mancha verde del naranjal.

—Aquel que tenga el valor de elevarse, abarcará con la mirada toda su vida. Y también toda su muerte —dijo Soulayed sonriendo.

A continuación les ofreció un cigarrillo. Los tres fumaron sentados en el suelo, que pese a la sombra ardía cada vez más. El cuello de Soulayed brillaba de sudor.

—A fin de cuentas fue su abuelo Mounir quien estaba en lo cierto. A la sazón plantó sus naranjos en el lado bueno de la montaña. Porque en el otro lado expulsaron a nuestros muertos de sus tumbas y exterminaron a los vivos. Destruyeron sus casas. Arrasaron sus huertos y jardines. Cada día que pasa nuestros enemigos roen un poco más la tierra de nuestros antepasados. ¡Son ratas!

Soulayed le dio una larga calada al cigarrillo.

—Bueno, Amed, y tú, Aziz, cuando llegaron a la cima, ¿qué es lo que vieron al otro lado?

—El otro lado del cielo —contestó Aziz—. Vi el otro lado del cielo. No tenía fin. Como si mis ojos no alcanzaran a ir más allá de él. Y luego, entre el polvo que se levantaba con el viento, vi una ciudad a lo lejos, una ciudad extraña.

—No era una ciudad —precisó Amed—. Aquello no tenía pinta de ser una ciudad. En cada extremo había torres que lanzaban destellos en el cielo.

—Barracas militares, eso fue lo que vieron. Vieron depósitos rodeados de alambradas de espino. ¿Y saben lo que encierran en su interior? Nuestra muerte. Llevan años planeándola, pero Dios rompió la cuerda de su cometa y ahora lo que depositan en ellos es su propia muerte.

Amed y Aziz no entendieron las últimas palabras de Soulayed y se preguntaban si no estaría perdiendo el juicio.

—Sabían lo que iban a ver al otro lado de la montaña. ¿Quién no lo sabe? Hace tanto que estamos en guerra... Lo sabían, ¿no es así? Y eso es lo que le dijeron a Halim.

—¡No, no lo sabíamos!

—¡No mientas!

—¡Mi hermano no miente! —chilló Aziz al tiempo que se incorporaba—. Únicamente le contó a Halim que nuestra cometa había conseguido volar más allá de la montaña.

—Yo sólo quería impresionarlo, eso es todo —añadió Amed con voz llorosa—. Halim hacía volar las cometas como nadie en la región. No hice nada malo.

—Escúchenme los dos: da lo mismo si lo sabían o no. Y poco importa lo que realmente le contaron a Halim, eso no es lo que cuenta. Son chiquilladas. Vamos a dejarlo ahí. ¿Quieren saber lo que ocurrió ese día en realidad?

Soulayed se levantó, aguardó una respuesta y, a grandes zancadas, echó a andar en dirección a la montaña.

—¡Síganme!

Caminaron más de diez minutos bajo el sol antes de llegar al pie de la montaña.

—Supongo que es por aquí por donde escalaron la montaña para recuperar su cometa, ¿no?

—Sí —admitió Aziz.

—Justo por ahí —precisó su hermano.

—Eso era lo que me figuraba.

Soulayed rodeó con los brazos a los dos muchachos.

—¿No sabían que con cada paso que daban se arriesgaban a volar por los aires con una mina? Conque no lo sabían, ¿eh? —les dijo acariciándoles la cabeza—.Un milagro, eso fue lo que realmente se produjo ese día. Dios rompió la cuerda de su cometa y guió sus pasos por la montaña.

Regresaron a la carretera en silencio. Aziz tenía ganas de vomitar a consecuencia del cigarrillo que Soulayed le había ofrecido.

Camino del jeep, Soulayed estalló en una carcajada. Recogió una botella de agua que había tirada a sus pies, la abrió y se derramó el contenido encima de la cabeza. El agua le chorreó por el cabello y la barba y le mojó la camisa. Su risa atemorizó a los muchachos. Luego se dio la vuelta hacia ellos luciendo una sonrisa de oreja a oreja que dejaba a la vista unos dientes hermosos y blancos, sin mella alguna. Puso el vehículo en marcha. Amed no se atrevió a decirle que él también tenía sed y buscó con la mirada otra botella de agua por el suelo, pero no halló ninguna. Soulayed conducía más rápido que a la ida. Alzando mucho la voz entre el sonido del jeep y el del viento, les dijo:

—¿Se dan cuenta de lo que han conseguido? Han encontrado un camino que llega hasta esa ciudad extraña. Son los únicos que lo han logrado. Todos los que lo han intentado han terminado despedazados por las minas. Dentro de unos días uno de ustedes regresará a la montaña. Tú, Aziz, o tú, Amed. Será su padre quien lo decida. Y el elegido llevará un cinturón de explosivos y bajará hasta esa ciudad extraña y la hará desaparecer para siempre.

Antes de marcharse, Soulayed les dijo:

—Dios los ha elegido, los ha bendecido.

Amed corrió a refugiarse en casa. Aziz se quedó un buen rato contemplando la nube de polvo que había levantado el jeep al arrancar.

Desde que los muchachos aguardaban el regreso de Soulayed, el tiempo transcurría con extraña lentitud. Los minutos se estiraban como si estuvieran hechos de masa. Uno de los hermanos se marcharía a la guerra y haría volar por los aires las barracas militares de la extraña ciudad, como la había llamado Soulayed. No hacían más que hablar de eso. ¿Sobre quién recaería la elección de su padre? ¿Por qué uno y no el otro? Aziz juraba que no dejaría que su hermano se fuera sin él, Amed afirmaba lo mismo. Pese a su tierna edad, eran conscientes del honor que les hacía Soulayed. De buenas a primeras se habían convertido en verdaderos combatientes.

Para matar el tiempo se dedicaban a hacerse explotar en el naranjal. Aziz le había escamoteado un cinturón desgastado a su padre y lo había cargado con tres latitas de conservas llenas de arena. Se lo ponían por turnos y se metían en la piel del futuro mártir. Los naranjos también jugaban a la guerra con ellos. Se metamorfoseaban en enemigos, en interminables filas de guerreros dispuestos a lanzar sus frutos explosivos al menor ruido sospechoso. Los muchachos se deslizaban entre ellos reptando, arañándose las rodillas. Al accionar el detonador —un cordón raído—, el impacto de la explosión arrancaba de cuajo los árboles, que se elevaban en el cielo hechos añicos antes de caer sobre los cadáveres despedazados de Amed y Aziz.

Ambos trataban de imaginarse el impacto en el instante fatal.

—¿Crees que nos dolerá?

—No, Amed.

—¿Estás seguro? ¿Y a Halim?

—¿A Halim qué?

—Debe de haber trocitos de Halim por todas partes.

—Ya, supongo que sí.

—¿Crees que será un inconveniente?

—¿Un inconveniente, por qué?

—Para llegar allá arriba.

—Piénsalo bien, Amed: lo que sucede en la tierra no tiene importancia. El verdadero Halim, el que sigue entero, ya está allá arriba.

—A mí también me lo parece, Aziz.

—Entonces ¿por qué te preocupas?

—Por nada. Ayer soñé que padre me había elegido. Antes de marcharme te daba mi camión amarillo.

—¿Qué camión amarillo?

—El de mi sueño.

—Pero si nunca has tenido un camión amarillo...

—En mi sueño tenía uno. Te lo daba y me marchaba con el cinturón.

—¿Y yo?

—¿Qué?

—¿Qué hacía yo cuando te ibas con el cinturón?

—Te la pasabas muy bien con el camión amarillo.

—¡Qué sueño tan estúpido, Amed!

—¡Aquí el único estúpido eres tú!

Los dos hermanos se observaron en silencio largo rato. Cada cual trataba de adivinar lo que estaba pensando el otro. Aziz advirtió que las lágrimas afloraban a los ojos de su hermano.

—Aziz, ¿tú oyes voces?

—¿Qué quieres decir?

—Voces que hablan en tu cabeza.

—No, Amed.

—¿Nunca?

—Nunca.

A Amed lo defraudó la respuesta de su hermano.

Al principio pensaba que todo el mundo oía voces que retumbaban en su cabeza. «Bueno, si así es como funcionan las cosas…», pero con el tiempo había llegado a la conclusión de que tal vez él fuera el único en todo el universo que experimentaba un fenómeno semejante. Ninguna de las personas que lo rodeaban había mencionado que algo así pudiera existir. Tan sólo se sintió con ánimos para hablarle de ello a su abuela Shahina en una ocasión, pero no logró repetir ninguna de las extrañas frases que aquellas voces soltaban de improviso.

Las voces desplegaban en él sonidos incoherentes, volvían las palabras del revés o repetían hasta la saciedad una frase que él acababa de decir o que su hermano o su madre habían pronunciado el día anterior. Amed tenía la sensación de albergar dentro de sí a un Amed minúsculo, como un núcleo de sí mismo fabricado con un material más duro que su propia carne y dotado de varias bocas, como su personaje, Dôdi. En ocasiones, las voces se expresaban como si supieran más cosas que el propio Amed. Tal vez habían nacido antes que él y habían vivido en otros lugares antes de meterse en él. Tal vez viajaban mientras él dormía y acumulaban conocimientos a los que él no podía aspirar. Tal vez conocían lenguas distintas de la suya y, a pesar de los momentos en que deformaban las palabras o las martilleaban sin motivo aparente, tenían algo importante que decirle.

Zahed estuvo varios días recogiendo los escombros de la casa de sus padres. Limpió el terreno y recuperó varias fotografías, ropa y algo de loza, pero no se quedó con los escasos muebles que aún servían. Tamara le ayudó en lo que pudo. Los muchachos se ofrecieron a echarle una mano, pero su padre los despachó. Marido y mujer trabajaron en silencio. Un silencio penoso y aplastante. Tamara quiso abrir la boca varias veces, pero se contuvo. Sintió que a Zahed le ocurría algo parecido. Un camión fue a recoger los muros que aún se mantenían en pie. De la casa sólo quedó el suelo manchado de sangre. Zahed tomó a su mujer de la mano. Tamara no entendía lo que pretendía hacer. Ante su nerviosismo, él le pidió que se sentara y ella obedeció. Él se sentó a su lado, en el suelo huérfano de sus paredes, de luto por sus habitantes. A su mujer le entraron ganas de reír. Tenía la impresión de que el viento acababa de llevarse por delante la casa de sus suegros y de que también su marido y ella estaban a punto de despegar de la tierra para no volver jamás.

Zahed rompió el silencio:

—Será Amed. Él llevará el cinturón.

A Tamara se le paró el corazón.

—Sé lo que estás pensando —prosiguió Zahed a duras penas—. Sé lo que tienes ganas de decirme. Lo he meditado largamente. No será Aziz. Me daría vergüenza, Tamara. No podría seguir viviendo si le pidiera a Aziz que llevara el cinturón. No podría volver a dirigirme a Dios. Sí, Tamara, lo he pensado con detenimiento, le he dado mil vueltas al asunto en mi corazón y...

—Pero si Aziz va a... —trató de decir Tamara sin alcanzar a terminar la frase.

—Sí, Aziz va a morir, lo sé tan bien como tú. Te conté lo que el médico me explicó. No sería un sacrificio si fuera él quien llevara el cinturón. Sería una ofensa y se volvería en nuestra contra. Además, en su estado, Aziz no conseguiría hacerlo. Está demasiado débil. No, Tamara, Aziz no puede hacerlo. No se envía a un niño enfermo a la guerra. No se sacrifica a quien ya está sacrificado. Por más que trates de reformularlo con tus propias palabras, llegarás a la misma conclusión que yo. Será Amed quien se marche.

Tamara lloraba moviendo la cabeza con ademán negativo, incapaz de hablar.

—¿Por qué crees que Soulayed vino a darme el pésame acompañado de Kamal? Escucha, ese hombre perdió a su mujer en el parto de su único hijo, y aun así aceptó sacrificarlo.

Zahed se puso en pie. Tamara lo vio desaparecer por los huertos de naranjos con la espalda encorvada. No le sorprendía su decisión, sabía que elegiría a Amed. En el fondo, siempre lo había sabido, y eso era lo que la tenía muda de dolor.

Esa noche, en el jardín, se quedó mirando la luna para impregnarse de su lejana luz. De pronto se acordó de una canción que su madre le murmuraba al oído para que se quedara dormida:

Un día seremos luz.
Viviremos en unos ojos siempre abiertos.
Pero esta noche, pequeña, cierra los párpados.

Una sensación de frío le anegó el vientre. Pensó que estaba enferma, pero el frío, que suele bajar, subió hasta sus labios, hasta su lengua, y en la boca se le formaron palabras heladas. Cayó en la cuenta de que era demasiado tarde. En adelante, nada podría fundir esas palabras y el pensamiento que encerraban. Aguardó a que la noche reinara en la casa y después subió con sigilo hasta la habitación de los muchachos, que dormían profundamente, con la respiración sibilante. Tamara se arrimó a Amed y le colocó la mano en la frente. Esperó a que despertara y cuando éste entreabrió los ojos le tomó la mano con ternura.

—No digas nada, no despiertes a tu hermano. Sígueme.

Salieron de la habitación a hurtadillas. Tamara regresó al jardín con Amed. Se instalaron en el banco que había frente a las rosas, el «banco de la luna», como a Tamara le gustaba llamarlo en secreto. Amed no parecía demasiado sorprendido de que lo hubiera despertado en plena noche para llevarlo afuera. Los párpados le seguían pesando de sueño.

—Escúchame, Amed: dentro de poco, tu padre entrará en tu habitación cuidando de no hacer ruido para no despertar a tu hermano, se acercará a ti y te pondrá la mano en la cabeza como he hecho yo hace un rato; poco a poco te irás despabilando y, al ver su rostro inclinado sobre el tuyo, entenderás que te ha elegido a ti. Sí, te tomará de la mano, te llevará al naranjal y te hará sentar al pie de un árbol para hablar contigo. En realidad, no sé cómo te lo anunciará, pero lo sabrás incluso antes de que abra la boca. ¿Sabes lo que eso significa? No regresarás de la montaña. Ignoro lo que Soulayed les ha contado a tu hermano y a ti, pero creo que me doy una idea. Tu padre dice que es un hombre visionario, un hombre importante que nos protege de nuestros enemigos. Todos lo respetan y nadie se atrevería a desobedecerlo. Tu padre le teme. A mí, en cuanto lo vi me pareció arrogante. Tu padre no debería haber aceptado que pusiera un pie en nuestra casa. ¿Quién le ha dado derecho a entrar en casa de la gente y arrebatarle a sus hijos? No nací ayer. Sé de sobra que estamos en guerra y que hay que hacer ciertos sacrificios. También sé que tu hermano y tú son valientes. Le han dicho a su padre que será un honor y su deber ponerse el cinturón. Me contó lo que le dijeron. Están dispuestos a seguir los pasos de Halim y de todos los demás. A tu padre lo ha emocionado. Se siente orgulloso de su determinación. Dios nos ha dado los mejores hijos del mundo, pero yo, Amed, no soy la mejor madre del mundo. ¿Te acuerdas de mi prima Hajmi? Te acuerdas de ella, ¿no? Estaba enferma. Aziz padece la misma enfermedad. Sus huesos están desapareciendo, es como si se le derritieran en el cuerpo. Tu hermano va a morir, Amed.

—No te creo.

—No acuses a tu madre de mentirosa. Eso es lo que le dijo el médico de la ciudad grande a tu padre. Tal vez Aziz no vea la próxima cosecha. No llores, cielo, es demasiado duro, te lo ruego, no llores.

—Mamá.

—Escúchame, Amed, escúchame bien: no quiero que seas tú quien lleve el cinturón.

—¿Qué estás diciendo?

—Estoy diciendo que no quiero perder a mis dos hijos. Habla con tu hermano, convéncelo para que lo haga en tu lugar.

—Nunca.

—Dile que no quieres llevar el cinturón.

—Eso no es verdad.

—Dile que te da miedo.

—¡No!

—Oh, Amed, hijo mío, Aziz será más feliz si muere allí. ¿Tienes idea de lo que le espera de no ser así? Va a morir postrado en su cama, presa de sufrimientos atroces. No lo prives de una muerte gloriosa en la que Dios lo acogerá en su seno con todos los honores de un mártir. Te lo suplico, pídele a Aziz que tome tu sitio. No se lo digas a nadie, mucho menos a tu padre; ése será nuestro secreto hasta la tumba.

Amed regresó a la cama como un pequeño fantasma titubeante. Tamara permaneció sentada en el banco de la luna. Se esforzaba por apaciguar los latidos de su corazón. Al cabo de largo rato, extendió la mano hacia la rosa más cercana y acarició sus pétalos con la yema de los dedos. Tenía la impresión de ver respirar el corazón de la flor. «El perfume de las flores es su sangre —le había dicho un día Shahina—. Las flores son valientes y generosas. Derraman su sangre sin importarles su vida. Es por eso que se marchitan tan deprisa, extenuadas tras haber ofrecido su belleza a quien haya querido admirarla.» Shahina había plantado aquel rosal cuando los gemelos nacieron. Era su manera de celebrar la llegada de sus nietos. Tamara se levantó del banco de sopetón y empezó a arrancar las rosas. Las manos le sangraban al picárselas con las espinas. Se sentía odiosa. Había expresado sin reservas aquel pensamiento atroz: había enviado a la muerte a su hijo enfermo.

Al día siguiente, una voz despertó a Amed mucho antes de que su hermano despertara. Para su gran sorpresa, ésta poseía el acento y el ritmo característicos de la voz de Halim. No cabía duda, se trataba de su voz. Hablaba en su interior sin dirigirse a él realmente, como si fuera una canción que no estuviera cantando nadie, que no precisara que la oyeran para existir.

«Mi cuerda se rompió… Mi cuerda se rompió…», repetía la voz de Halim. Por un momento, Amed creyó que el muchacho del cinturón había vuelto del país de los muertos y se encontraba en la habitación.

«Mi cuerda se rompió… No fue culpa del viento… Un ruido espantoso rompió mi cuerda… Me sangran los oídos… Ya no puedo oír nada…»

Amed se incorporó en la cama y miró en derredor. No vio a nadie en la penumbra, pero sabía muy bien que en la habitación sólo hallaría a su hermano, que dormía a su lado.

«Me estoy acercando al sol… Subo… Subo… No fue culpa del viento… Fue culpa del ruido… Ya no oigo nada ni veo la tierra… El blanco de las nubes me engulle… Ya nadie me ve…»

Amed se llevó las manos a los oídos, pero la voz se hizo aún más intensa.

«Un ruido cruel me rompió la cuerda… Me quemo… Estoy solo, en el cielo inmenso… No regresaré nunca más… Me quemo… Estoy solo, donde no sopla el viento…»

Amed se levantó y se acercó a la ventana. Amanecía. A lo lejos, las copas de los naranjos recibían la caricia de los primeros rayos de sol. Estuvo un buen rato mirando cómo el cielo se teñía de azul. La voz se fue apagando poco a poco. Cuando enmudeció por completo, Amed volvió a la cama. Oía los latidos de su corazón. Estrechó a Aziz con fuerza, apretando su cuerpo contra el de su hermano como si pretendiera desaparecer en él.

¿Acaso lo había soñado o en verdad su madre le había dicho que los huesos de su hermano se estaban disolviendo? ¿Lo había soñado o en verdad su madre le había dicho que era preferible que su hermano hiciera volar sus huesos por los aires al otro lado de la montaña? De súbito, el cuerpo al que se abrazaba le pareció quebradizo. No, no dejaría que Aziz llevara el cinturón de explosivos en su lugar.

Aziz se despertó y lo apartó con brusquedad.

—¿Qué haces, Amed?

—Nada. Levántate, ya es tarde.

La muerte cruel de sus padres no había alterado la rutina de Zahed, quien, por el contrario, trabajaba desde entonces con mayor ahínco. El naranjal había cobrado más valor aún a sus ojos: era el santuario en el que descansaban los restos mortales de sus padres. Zahed examinaba cada árbol, retiraba las hojas enfermas e irrigaba el suelo con la sensación de realizar actos sagrados. La fragancia que subía de la tierra lo tranquilizaba, le permitía creer que el futuro todavía tenía sentido. Se encontraba a salvo entre sus árboles, como si no existiera bomba capaz de traspasar el escudo del follaje. Su corazón lo sabía: los huertos de naranjos eran sus únicos amigos.

Pero ese día, con la espalda apoyada contra un árbol, Zahed dejó que sus lágrimas se derramaran. Pensaba en Mounir, su padre. ¿Qué habría hecho él en su lugar? ¿Habría elegido a Amed o a Aziz? Sentado bajo las frondas del naranjo que acababa de podar, aguardaba una señal de su difunto padre. Estuvo toda la mañana reflexionando sobre lo que le iba a decir a Amed.

«De todos modos —terminó por decirse—, no tiene ningún sentido enviar a uno a la muerte a sabiendas de que ésta ha alcanzado al otro con su mano invisible. Pero ¿qué hacer?»

Se enjugó las lágrimas y salió del naranjal. Cerca de la casa, observó a sus hijos, que se divertían en el jardín. Acababan de dejar a su madre y su clase improvisada en la cocina. Se acercó a ellos con paso inseguro. Amed y Aziz repararon en su presencia y fueron a su encuentro, extrañados al ver a su padre ocioso a aquella hora. Zahed los contempló en silencio, como si los estuviera viendo por primera o última vez, sin acertar ya a distinguir la emoción que le atenazaba la garganta. Tomó a Amed de la mano y se lo llevó consigo, dejando a Aziz desconcertado.

—¿Adónde me llevas? —preguntó Amed.

No obstante, sabía perfectamente lo que su padre pretendía hacer. Zahed guardó silencio, apretando cada vez más la mano de su hijo. Caminaron hasta el cobertizo de las herramientas. Su padre le entregó una llave y le pidió que abriera el grueso candado de hierro. Amed obedeció, y a continuación Zahed empujó la pesada puerta de madera. Cuando entraron en el cobertizo, dos pájaros escaparon por una claraboya que había abierta por encima de su cabeza. Amed se asustó. La puerta se cerró tras ellos. Un rayo de sol atravesaba el espacio debajo del techo, donde millones de motas de polvo danzaban como una espada larga con vida propia. En el cobertizo olía a aceite y a tierra húmeda.

—Lo he escondido aquí —murmuró Zahed.

Se dirigió a uno de los rincones y levantó una vieja cubierta de lona. Volvió hasta donde estaba su hijo con la bolsa de tela que les había llevado Soulayed, se puso en cuclillas y lo hizo sentar a su vera.

—Es preciso guardar a los muertos bajo tierra —dijo, como si cada una de las palabras que pronunciaba llegara directamente de las profundidades de la tierra—. Porque es así como… es así como los muertos entran en el cielo. Encerrándolos bajo tierra. Así enterré a mis padres. Me viste, tomé mi vieja pala y cavé un agujero. Viste con tus propios ojos los gusanos que celebrarían el entierro. Lo más difícil no es arrojar la tierra para tapar el agujero. Como tú mismo comprobaste, lo cerré bien. Lo más difícil es buscar entre los restos. Vi la cabeza de mi madre abierta. Apenas reconocía ya la bondad de su rostro. Había sangre en las paredes agujereadas, en los platos rotos. Recogí los restos de mi padre con las manos desnudas. Había muchos. Les pedí a tu hermano y a ti que no se acercaran. También se lo pedí a tu madre. Nadie debería verse obligado a hacer eso. Nadie, ni siquiera el más culpable de los hombres, debería verse obligado a buscar los restos de sus padres entre los escombros de su casa. Cavé el agujero que abre el cielo en dos, según dicen nuestros antepasados, y percibí la agobiante melodía de las moscas, como también dicen. Hijo mío, no debes temerle a la muerte.

A medida que desgranaba frases, su voz se fue dulcificando en la penumbra del cobertizo. A Amed se le antojaba tan inquietante como tranquilizador que su padre le hablara de aquella manera.

—Vivimos cada día temiendo que sea el último. Dormimos mal, y cuando lo hacemos, nos atormentan las pesadillas. Todas las semanas se destruyen pueblos enteros. Nuestros muertos aumentan. La guerra se recrudece, Amed. No nos queda otra elección. La bomba que destruyó la casa de los abuelos provenía de la otra ladera de la montaña. Lo sabes, ¿verdad? Van a seguir cayendo bombas desde ese lugar maldito. Cada mañana, cuando abro los ojos y compruebo que el naranjal sigue en pie bajo el sol, le doy gracias a Dios por ese milagro. Ay, Amed, qué no daría yo por poder ocupar tu lugar... Tu madre tampoco dudaría un solo segundo en hacerlo. Ni tu hermano. Sobre todo tu hermano, que tanto te quiere. Soulayed volverá. Será él quien te conduzca hasta el pie de la montaña. No tardará en volver con su jeep, dentro de unos días o tal vez dentro de unas semanas, pero lo más seguro es que lo haga antes de la cosecha. Tú serás quien lleve el cinturón.

Zahed abrió la bolsa de tela; las manos le temblaban ligeramente. Amed se fijó en ello a pesar de la escasa claridad que reinaba en el cobertizo. Mientras observaba a su padre, lo imaginó sacando de la bolsa a un ser vivo, gris o verde, un animal desconocido y peligroso.

—Tengo que decirte algo más: tu hermano no ha sanado, no podrá llevar el cinturón, está demasiado débil. Ésa es la razón por la que te he elegido.

—Y si Aziz no hubiera estado enfermo, ¿a quién habrías elegido? —preguntó Amed con un aplomo que dejó a su padre estupefacto.

Durante un buen rato, Zahed se quedó sin saber muy bien qué contestar a su hijo, que enseguida se arrepintió de haber hecho la pregunta. Amed sabía de sobra que su hermano no estaba simplemente enfermo: lo suyo no tenía cura. Tamara no había dejado ninguna duda respecto a la gravedad de su enfermedad. Aziz iba a morir. Como él, si no llevaba a cabo el intercambio con su hermano.

—Habría pedido a las naranjas que decidieran en mi lugar.

—¿A las naranjas?

—Sí, esto es lo que habría hecho: les habría dado una naranja a cada uno, y a quien le hubiera tocado la naranja con mayor número de semillas habría sido el elegido.

Amed sonrió. Zahed se levantó. La manera en que tenía puestas las manos en el cinturón de explosivos le confería una importancia solemne al objeto. Amed se percató entonces de que no se parecía demasiado al que su hermano y él habían improvisado para divertirse. Parecía pesado y mezquino. Amed se acercó y lo tocó con cautela.

—¿Quieres agarrarlo?

—¿No es peligroso? —preguntó Amed dando un paso hacia atrás.

—No. Todavía no está conectado al detonador. ¿Sabes lo que es?, es lo que te va a permitir…, bueno, ya sabes a lo que me refiero.

Amed sabía perfectamente lo que era un detonador. Su padre le entregó el cinturón.

—Soulayed me dio a entender que tenías que encariñarte con el cinturón, que tenías que considerarlo una extensión de ti mismo. Te lo puedes poner cuando se te antoje. Te tienes que acostumbrar a su peso, a su contacto, pero no lo saques de aquí jamás, ¿me has entendido? Y sobre todo: ni se te ocurra venir aquí con tu hermano; eso no haría sino complicar más las cosas.

—Te lo prometo.

—¿No tienes miedo?

—No —mintió Amed—, ninguno.

—Eres valiente. Estoy orgulloso de ti. Todos lo estamos.

Se produjo un largo silencio durante el cual el padre no osó seguir mirando al hijo.

—Toma, te dejo la llave del candado. A partir de ahora, puedes venir cuando quieras.

Zahed se inclinó sobre Amed, le estampó un beso en la frente y salió del cobertizo. Al abrir la puerta, la luz del día entró violentamente y deslumbró a Amed. Cuando la puerta se cerró del todo, el muchacho quedó en la más absoluta oscuridad, con el cinturón en las manos. Apenas se atrevía a respirar. De pronto le pareció ver un rostro flotando en el espacio.

—Abuelo, ¿eres tú?

Amed estaba convencido de haber visto el rostro de su abuelo Mounir. Sabía que yacía muerto y enterrado en el naranjal, pero la visión era tan potente que lo llamó de nuevo.

—Contéstame, abuelo, ¿eres tú?

Sus ojos se acostumbraron a la oscuridad y logró distinguir de nuevo las paredes del cobertizo y las herramientas dispuestas sobre anaqueles improvisados. El rayo de luz que se filtraba por la claraboya hacía destellar las guadañas, las tijeras de podar y algunas partes de las palas y las sierras. Amed echó una ojeada en torno, pero la visión se había esfumado por completo. Respiró profundamente y se puso el cinturón alrededor de la cintura. Los músculos se le tensaron.

—Ahora soy un soldado de verdad —dijo dando unos pasos titubeantes.

Aziz, en cuclillas detrás de un macizo del jardín, vio a su padre salir del cobertizo sin Amed y retomar su trabajo en el naranjal. No le sorprendía su elección. Aguardó a que Amed saliera a su vez, pero la espera fue en vano. Pasado un buen rato decidió ir a buscarlo al cobertizo. Entreabrió la enorme puerta lentamente.

—Amed, ¿qué haces?

Como su hermano no le contestaba, dio un paso hacia adentro.

—Sé que estás ahí, contéstame.

—No entres.

—¿Por qué?

—Déjame solo.

Aziz se acercó y distinguió la silueta de su hermano en la sucia penumbra del cobertizo.

—¿Qué haces?

—No te acerques.

—¿Por qué?

—Es peligroso.

Aziz se quedó quieto. Oía la fuerte respiración de su hermano.

—Pero ¿qué te ocurre?

—No puedo moverme.

—¿Estás enfermo?

—Sal de aquí.

—¿Por qué?

—Llevo puesto el cinturón y si me muevo…

—Pero ¿qué disparate estás diciendo?

—Todo va a explotar, ¡vete de aquí!

—Voy a buscar a padre —dijo Aziz, atemorizado.

—¿Te lo has creído? Eres tonto perdido —Amed se desternilló y echó a correr hacia su hermano tan deprisa que lo hizo caer al suelo—. ¡Mira que eres idiota! ¡Si el cinturón no tiene detonador!

Aziz agarró a su hermano por las piernas y lo tiró a su vez al suelo. Los dos hermanos se pelearon violentamente.

—¡Te voy a matar!

—¡Yo también!

—Dame el cinturón, soy yo quien debe ir.

—Padre me ha elegido a mí, tengo que ir yo.

—Quiero probármelo, ¡quítatelo!

—¡Ni lo pienses!

Aziz asestó un golpe en la cara a su hermano. Éste se levantó aturdido y agarró una guadaña larga que descansaba contra la pared.

—Si te acercas, te hago pedazos.

—¡Inténtalo!

—Va en serio, Aziz.

Los dos hermanos se observaron sin mover un músculo, escuchando la respiración jadeante del otro. Habían dejado de ser niños. Algo acababa de cambiar, como si la oscuridad hubiera conferido a sus jóvenes cuerpos la profundidad y la gravedad que sólo un cuerpo adulto posee.

—Me da miedo morir, Aziz.

Amed dejó caer la guadaña y su hermano se le acercó.

—Lo sé. Lo haré yo.

—Tú no puedes.

—Seré yo quien vaya, Amed.

—No podemos desobedecer a nuestro padre.

—Iré en tu lugar. Padre no lo sabrá.

—Se va a dar cuenta.

—No, confía en mí. Vamos, quítate el cinturón —le suplicó Aziz.

Amed vaciló y luego, con un ademán brusco, se quitó el cinturón. Aziz lo tomó y fue hasta el fondo del cobertizo, donde el haz de luz que se colaba por la claraboya casi rozaba el suelo. Bajo la luz danzarina, observó el objeto que exterminaría a los enemigos de su pueblo y al mismo tiempo lo haría entrar a él en el paraíso. Estaba fascinado. El cinturón constaba de una docena de pequeños compartimentos cilíndricos cargados de explosivos. Amed se le acercó.

—¿Crees que los muertos pueden volver?

—No lo sé.

—Me parece que he visto al abuelo hace un rato.

—¿Dónde?

—Ahí —dijo Amed señalando un punto en el espacio frente a ellos.

—¿Estás seguro?

—Era su cara. Desapareció muy deprisa.

—Has visto un fantasma.

—Igual tú también vuelves cuando mueras.

—Salgamos de aquí —dijo Aziz con apremio.

Amed volvió a introducir el cinturón en la bolsa de tela y la escondió bajo la vieja cubierta de lona. Cuando los dos hermanos salieron del cobertizo, la luz del día les hirió los ojos.

Amed fue hasta la cocina, donde su madre andaba enfrascada preparando la cena. Tamara cortaba verduras sobre una tabla de madera. Vertió unos granos de arroz en una hoja de periódico viejo y propuso a su hijo que los fuera separando. A Amed le gustaba ayudar a su madre a cocinar, aunque le daba un poco de vergüenza. No era habitual en un chico. Al principio, a Tamara la tomó por sorpresa que se ofreciera a ayudarla y rehusó la ayuda. Pero él había vuelto a la carga, y ella finalmente accedió. Desde entonces, apreciaba esos momentos en compañía de su hijo y los propiciaba. Si Amed llevaba varios días sin darse una vuelta por la cocina, ella empezaba a preocuparse y se preguntaba si Zahed habría hablado con su hijo al respecto. Era consciente de que a su marido le parecía desacertado que un muchacho se comportara de tal manera.

Entregado a su tarea, Amed retiraba las piedrecillas y las impurezas del montón de arroz con ademanes rápidos y precisos. Tamara no se atrevía a preguntarle lo que la tenía en ascuas. Esperaba a que su hijo rompiera ese silencio que se acumulaba entre ellos de manera inusitada, pues los momentos que compartían les permitían mantener conversaciones que de otro modo nunca habrían podido tener. En ocasiones, aquel sentimiento de connivencia entre madre e hijo provocaba verdaderos ataques de risa. Amed aprovechaba para hablar de su tía Dalimah, a la que añoraba. Cada una de las cartas que su tía le mandaba era un motivo de celebración para él. Al principio era su madre quien se las leía, pero, desde que había aprendido a descifrar las palabras, podía pasarse horas leyéndolas una y otra vez. En ellas, su tía le contaba detalles de su nueva vida. Le describía el metro: un tren que cruzaba los barrios de la ciudad por debajo de las calles y los edificios. Le hablaba de la nieve, que en tan sólo unas horas cubría los tejados de las casas y hacía descender del cielo un silencio acolchado. Ella lo sorprendía y despertaba su curiosidad con el puñado de fotografías que deslizaba dentro del sobre. Siempre se cuidaba de no enviar fotografías de su marido. A Amed le gustaban sobre todo aquellas en las que se veía la ciudad iluminada de noche e incluso aquellas en las que aparecían puentes elevados, el río que éstos sobrevolaban, con su estructura de acero y la parpadeante hilera de faros de los automóviles. En una de sus cartas, su tía le había dicho que cada vez que comía naranjas se acordaba del naranjal. Cuánto le hubiera gustado volver a verlo y pasear con su pequeño Amed entre las filas de árboles, respirando con él el delicado aroma de sus flores blancas en verano...

—Ya está —le dijo Amed de repente a su madre.

Tamara pensó que había terminado de limpiar el arroz. Miró a su hijo y comprendió aliviada que se refería al intercambio.

—¿Se lo has preguntado?

—Sí, antes, en el...

—No le habrás dicho lo de su enfermedad.

—¡No!

—Ni se te ocurra decírselo por nada del mundo.

—No, hice lo que me dijiste.

—Le dijiste que tenías miedo, ¿verdad?

—Sí, que me daba miedo morir.

—Pobre Amed. Perdóname, perdóname, sé que eres igual de valiente que tu hermano. Lo que te he pedido es tan horroroso, tan horroroso...

—No llores, mamá.

—¿De qué sirve traer hijos al mundo si luego se les tiene que sacrificar como pobres animales que se llevan al matadero?

—No sigas llorando.

—No, si ya no estoy llorando. ¿Lo ves? Ya no estoy llorando. Lo hemos hecho por Aziz, ¿ok?, no debes olvidarlo. Ahora termina de limpiar los granos.

Tamara se enjugó las lágrimas y puso a hervir una olla grande con agua.

—Has de tener en cuenta una cosa, Amed.

—¿Qué, mamá?

—Tu hermano ha adelgazado desde que se ha puesto enfermo.

—A mí no me lo parece.

—Claro que sí, ¿no te has fijado? No tiene las mejillas tan llenas como las tuyas y tiene menos apetito que tú. Vigila el plato de tu hermano y arréglatelas para comer menos que él. Me siento tan miserable por haberte pedido todo esto, tan miserable…, pero ¡júrame que lo harás, Amed!

—Sí, lo haré.

—Tu padre no debe darse cuenta de que han realizado un intercambio. Sería espantoso si lo descubriera. No quiero ni pensarlo.

—No te preocupes, dentro de unos días estaré tan flaco como Aziz y nadie podrá distinguirnos.

—Yo sí podré.

—Sí, pero solamente tú.

—Entendería que me odiaras.

—Toma, ya he terminado de limpiar el arroz.

—Gracias, Amed.

—Nunca te odiaré.

—Voy a hacerme daño con un cuchillo.

—¿Por qué?

—Haremos el intercambio en el último momento.

—Pero ¿qué dices, Aziz?

—Cuando estés a punto de marcharte con Soula-yed, me las ingeniaré para cortarme con un cuchillo, pero no de verdad. Tú, en cambio, tendrás que cortarte de verdad.

—No entiendo ni jota de lo que dices.

—Sólo tendrás que hacerte un corte superficial en la mano izquierda. No debes equivocarte de mano, Amed, te harás daño en la izquierda.

—De acuerdo, pero sigo sin entender por qué.

—Voy a utilizar sangre de carnero.

—¿Sangre de carnero? —repitió Amed, cada vez más perplejo.

—Sí, para que parezca que me he hecho una herida. Me cubriré la mano de sangre y la envolveré en un trapo. Una vez hecho el intercambio, me la lavaré. Nadie verá la herida en mi mano, pero todo el mundo verá la tuya.

—Porque yo sí me habré cortado —dijo Amed, quien comenzaba a entender adónde pretendía llegar su hermano.

—Eso es. Entonces nadie podrá ponerlo en duda: tú serás Aziz, el de la mano herida, y yo, Amed, listo para marcharme con Soulayed.

—Aziz, el de la mano herida —repitió Amed suspirando.

Los dos hermanos estaban tendidos sobre el tejado de la casa. En el cielo comenzaban a aparecer las primeras estrellas, horadándolo una a una antes de que sus titilantes luces lo acribillaran por decenas. Amed y Aziz habían tomado por costumbre subir al tejado para disfrutar de la brisa. Se echaban boca arriba cerca del enorme tanque de agua y sumergían la mirada en la noche infinita.

—No estés triste, Amed. Dentro de poco estaré allí arriba. Prométeme que vendrás aquí todas las noches para contarme cómo te ha ido en el día.

—¿Cómo le haré para encontrarte? Hay tantas estrellas…

—Ven, vamos a la cama. Tengo un poco de frío.

Amed le palpó la frente a su hermano. Le ardía.

—¿Estás enfermo?

—Sólo un poco cansado. Vamos a la cama, que igual Soulayed vuelve mañana.

Los días siguientes, Aziz se comportó como un general en miniatura con su hermano y no paraba de darle órdenes. Amed se dejaba llevar, impresionado por aquel que pronto daría su vida.

Aziz le repetía que no debía preocuparse, que todo iba a salir bien. Era muy sencillo: sólo tenían que aprender a hacerlo todo de la misma manera. A pesar de ser verdaderos gemelos, sus padres no solían confundirlos. La única que se equivocaba constantemente cuando estaba viva era su abuela Shahina, tanto que llegaron a pensar que lo hacía a propósito para reírse de ellos. Por eso, el parecido entre ambos no debía limitarse al aspecto físico, también debía manifestarse a través de su comportamiento.

—¿Ves?, te mueves como un pájaro asustado.

—Para nada —replicó Amed.

—¡Cómo no! Estás hecho un manojo de nervios y no haces sino dar saltitos en lugar de pasos.

—Y tú caminas como un pez dormido.

—Valiente estupidez, los peces no caminan…

—No, pero si lo hicieran, caminarían como tú.

—Mira, yo voy a dejar de arrastrar los pies, y tú los vas a apoyar en el suelo como es debido cada vez que des un paso. Así terminaremos andando de la misma forma. Prueba a hacerlo.

Y Aziz seguía dándole lecciones a su hermano para que cualquier diferencia que pudiera existir entre ellos quedara difuminada. Le indicaba los gestos que debía evitar y las escasas entonaciones que corrían el riesgo de malograr el intercambio. Se había convertido en un juego como cualquier otro, sólo que en ése nadie saldría ganando. Lo extraño era que Aziz no había mencionado la diferencia más obvia, la que con total certeza lo delataría si alguien se tomaba la molestia de observarlos uno al lado del otro: su delgadez, como si no fuera consciente de lo mucho que había adelgazado desde que enfermó. Tal como su madre le había recomendado, Amed se las ingeniaba para no terminarse todo el plato e incluso le ponía comida a su hermano sin que se diera cuenta. En ocasiones, Tamara lo ayudaba sirviéndole menos y dándole doble ración a Aziz. Pero tuvo que dejar de hacerlo el día en que este último le hizo notar que servía de manera injusta a su hermano, pues temió que descubriera que estaba conchabada con Amed. Tamara se maldecía varias veces al día. También se sentía avergonzada y culpable como si hubiera conspirado con uno de sus hijos para envenenar al otro a pequeñas dosis, cuando su amor por ambos era absoluto. Pero estaba resuelta a evitar que aquella guerra sin fin le arrebatara a sus dos hijos. Como Amed no lograba adelgazar lo suficientemente rápido, Tamara le sugirió que se provocara el vómito después de la cena. Sabía por su marido que Soulayed regresaría antes de la época de la cosecha, que ya estaba próxima. Así que Amed se introducía un dedo hasta el fondo de la garganta y se provocaba el vómito llorando.

Vieron a sus padres marcharse al pueblo. Su padre le había pedido prestado el camión al vecino. Iba a comprar pesticidas. Tamara había insistido en acompañarlo. Le gustaba ir al pueblo, salir de la rutina, encontrarse por casualidad con otras mujeres mientras hacía las compras. Siempre compraba golosinas para los muchachos y, cuando se presentaba la ocasión, pues eran caras y costaba trabajo encontrarlas, revistas de cómics.

Cuando el camión hubo desaparecido definitivamente de la carretera, Aziz agarró a su hermano por el brazo y lo jaló hacia el cobertizo.

—Deprisa, ven, no hay tiempo que perder. ¿Tienes la llave?

—Siempre la llevo encima.

Aziz no veía la hora de tener de nuevo ante sí el cinturón de explosivos. Amed abrió el candado al tiempo que echaba un vistazo a la carretera para cerciorarse de que su padre no daba media vuelta. Cuando la puerta se abrió, Aziz se precipitó hacia el fondo del cobertizo y sacó la bolsa de tela de debajo de la cubierta de lona.

—Vamos al naranjal.

—Es demasiado arriesgado.

—Qué va, si no volverán hasta dentro de una hora por lo menos. ¡Vamos, Amed, ven!

Algo inquieto, Amed fue en pos de su hermano. Se sentaron bajo el follaje de un naranjo alto cuyo aroma endulzaba el aire. Las abejas zumbaban en torno a las ramas más altas. Con la respiración jadeante, Aziz extrajo el cinturón de la bolsa.

—Cómo pesa.

—Padre me dijo que había que acostumbrarse a su peso.

—Dame la llave, la quiero tener yo. Todas las veces que pueda iré al cobertizo para ponérmelo. Tengo que estar preparado el día en que me vaya.

Amed le dio la llave a regañadientes. Aziz se levantó para probarse el cinturón y dio unos pasos algo desmañados.

—Tienes que esconderlo debajo de la camisa.

—Ya lo sé, no soy idiota.

—Pues entonces hazlo.

—Soy yo quien decide cuándo debo hacerlo.

—Ok, no te enojes.

—¡No estoy enojado!

—¿Y por qué gritas, Aziz?

Aziz se alejó zigzagueando entre los árboles. Se detenía y se escondía tras un tronco, acechaba a los enemigos, corría hacia otro tronco. Dio por terminado el juego trepando a duras penas a lo alto de una enorme roca. Su abuelo Mounir, tras varios intentos infructuosos por retirarla, había tenido que aceptar su presencia entre los árboles frutales. «Al fin y al cabo —pensaba—, esta roca quizás haya bajado del cielo.» Zahed se había prometido romperla a mazazo limpio, pero él también había tenido que renunciar.

Lanzando un alarido que sobresaltó a Amed, Aziz se hizo volar por los aires con la esperanza de liberar el naranjal de una vez por todas de la roca solitaria y obstinada. Alzó los brazos e imaginó que una lluvia de piedrecillas se precipitaba sobre su cabeza, olvidando por un instante que, si seguía el razonamiento hasta sus últimas consecuencias, su cuerpo también formaría parte de los restos que caerían del trémulo cielo.

—¡Lo logré!

—¿El qué?

—¿No lo ves? La he hecho volar en pedazos.

—¿Qué es lo que ha volado en pedazos?

—La roca.

—No veo nada en absoluto.

—¡Imagínatelo, tonto!

—Hoy no me agrada imaginar nada.

—¿Qué mosca te ha picado, Amed?

—¿A veces piensas en la tía Dalimah?

—¿Por qué me hablas de ella ahora?

—Nunca contestas a sus cartas.

—No quiero hablar de ella, y sabes muy bien por qué.

—¿Por su marido?

—Es uno de los que nos tiran bombas desde el otro lado de la montaña.

—A lo mejor él es distinto.

—No. Padre dice que son todos unos perros. Se lo has oído decir, y también a Soulayed.

—Deberíamos volver al cobertizo, ¿no te parece?

En el momento preciso en que los dos hermanos cerraban tras de sí la pesada puerta del cobertizo oyeron un motor.

—Padre ha regresado —murmuró Amed.

—No, ése no es el ruido del camión del vecino.

Unos instantes después resonó una portezuela al cerrarse, y los hermanos oyeron que alguien se acercaba.

—Ven, Aziz, escondámonos allí al fondo.

Apenas si tuvieron tiempo de meterse bajo la lona, cerca de los aperos, cuando la puerta se entreabrió con un lento chirrido. Un hombre entró en el cobertizo, dio varios pasos y luego se detuvo. Los dos muchachos contenían el aliento.

—Sé que están ahí, los he visto desde la carretera. ¿Por qué se esconden? Ah, caliente, caliente…

El hombre se inclinó sobre la lona, en cuya superficie se había formado un extraño bulto.

—Vaya, vaya, qué ratas tan gordas hay por aquí. Por suerte, frente a mí descansa una señora pala que se aburre como una ostra. Sólo tengo que tomarla y moler a palos a esas dos ratas asquerosas que se creen invisibles —bromeó Soulayed—. Vamos, salgan de ahí, tengo que hablar con ustedes. Vayan a buscar a su padre.

—No está —dijo Aziz apartándose la lona de la cabeza.

—Ha ido al pueblo con nuestra madre —añadió Amed en el acto.

Los muchachos salieron de su escondite. Soulayed distinguía el brillo de sus ojos inquietos en la penumbra.

—¡Así que tu padre te ha elegido a ti!

Aziz, nervioso, trataba de tapar el cinturón de explosivos con los brazos, pues con las prisas no había tenido tiempo de quitárselo.

—El cinturón que llevas puesto no es ningún juguete.

—Lo sé.

—¿Eres Amed o Aziz?

—Soy… Amed —mintió Aziz.

—Bien, Amed, bendito seas.

Soulayed se sacó del bolsillo del saco un fajo de billetes primorosamente atado con un cordel.

—Toma, dale esto a tu padre. Es un regalo, una especie de compensación por lo que les ocurrió a tus abuelos. Le hará falta, y tu madre estará contenta. ¿Sabes, Amed?, el acontecimiento que va a producirse es triste y feliz. Lo has entendido, ¿no? Pero tú sólo debes alegrarte, morirás mártir. Bendito seas tres veces.

Aziz tomó el dinero sin pronunciar palabra. Nunca había visto tanto dinero junto.

—Prepárate, Amed. Vuelvo dentro de dos días.

Soulayed se marchó dejando un denso silencio tras de sí. Abrió la puerta del cobertizo con un golpe seco y desapareció en una bocanada de luz en la que el polvo se agitaba. Amed y Aziz aguardaron a que el sonido del jeep se alejara por completo para salir de su letargo. Aziz se quitó el cinturón y lo volvió a colocar en su escondite.

—Toma, Amed, agarra el dinero. Eres tú quien debe entregárselo a padre.

—Tienes razón. Ahora salgamos de aquí.

Aziz cerró la puerta del cobertizo con candado y le dio la llave a su hermano.

—Pero ¿no decías que querías quedártela tú?

—¿No has oído a Soulayed? Me marcho dentro de dos días, no podré volver al cobertizo.

Entonces miró a su hermano con tanta intensidad que éste se dio la vuelta y echó a correr sin motivo hasta desaparecer en los huertos de naranjos.

Reinaba en la casa una tristeza húmeda. El aire se había densificado pese a la brisa que se colaba por las ventanas abiertas, y el silencio manaba de su interior del mismo modo que la luz manaba de los naranjos. Hubiérase dicho que las paredes, el entarimado y los muebles sabían que Soulayed regresaría al día siguiente.

Aziz se pasó el día susurrándole a su hermano que se sentía feliz, que todo iría bien.

—No debes preocuparte. Haremos el intercambio y nadie se dará cuenta.

Amed tenía ganas de estrecharlo hasta hacerlo desaparecer en su abrazo para que nadie pudiera arrebatárselo. Iba a morir como Halim. Jamás volvería a verlo en la Tierra. Aziz le había prometido que lo esperaría en las puertas del paraíso. Lo esperaría aunque Amed viviera tanto como el tío Bhoudir, fallecido a los noventa y siete años, y, entonces, volverían a estar juntos.

Al caer la noche, Zahed los reunió a todos en el salón. Había invitado a varios vecinos y a los dos trabajadores que lo ayudaban en el naranjal. Con emocionado orgullo, les explicó que su joven hijo Amed pronto sería mártir. Todos recibieron la invitación como un honor.

Tamara había preparado una cena digna de una gran fiesta. Había colgado del techo una guirnalda de bombillas de colores que salpicaba la estancia de una luz abigarrada, pero luego se arrepentía de haberlo hecho. Aquella luz alegre se le antojaba un sacrilegio, una triste mentira. Sirvió en primer lugar a Amed, sentado junto a su padre. Amed se avergonzó por ello; no se atrevía a mirar a su hermano, a quien debería haber correspondido tal honor. Antes de empezar a comer, Zahed dio gracias a Dios por haberle dado un hijo tan valeroso. No alcanzaba a disimular las lágrimas. Amed se levantó como si quisiera tomar la palabra y confesarlo todo. Tamara lo adivinó. Se le acercó y lo estrechó contra sí, murmurándole al oído que no dijera nada: «Hazlo por tu hermano, te lo ruego». Amed observó a su hermano. Ya no era el mismo.

Una vez terminada la cena y recogida la mesa, los invitados fueron a despedirse de Amed tocándolo, besándolo y llorando, y luego se marcharon en silencio, con la cabeza gacha, como si no hubiera nada más que decir o hacer. Tamara apagó la guirnalda de lucecillas, y el resplandor amarillento de las velas volvió a adueñarse del salón, en el que, de súbito, pareció faltar el aire.

Los dos hermanos subieron a su habitación más temprano de lo habitual. Aziz se quedó frente a la ventana contemplando las estrellas en el cielo.

Eran casi las doce cuando el zumbido del jeep rasgó el día por la mitad. Zahed no había ido a trabajar a los huertos y había dado el día libre a sus dos empleados. Escrutaba el horizonte junto con Tamara y sus hijos, era lo único que podía hacer. Los cuatro esperaban en silencio, sentados en el umbral de su casa. Cuando el vehículo frenó formando una nube de polvo, todos se levantaron a la vez, si bien no dieron ni un solo paso al ver que Soulayed se apeaba del coche. Éste avanzó hacia ellos lentamente. No estaba solo. Un hombre, ni joven ni viejo, caminaba arrastrando los pies detrás de él. Llevaba en bandolera un bolso de cuero gastado. Soulayed no dijo cómo se llamaba, sino que se limitó a anunciarles que se trataba del «experto». El hombre te-

nía los ojos vidriosos y despedía un olor acre a sudor.
Zahed pidió a Tamara y a Aziz que esperaran dentro.
Ambos obedecieron a disgusto. El experto se acercó a
Amed sonriendo.

—¿Qué tal?

—Bien.

—No eres muy corpulento. ¿Qué edad tienes?

—Nueve años.

Los dos hombres, Amed y su padre se dirigieron
hacia el cobertizo de las herramientas. Amed le dio la
llave a Zahed, y éste abrió el candado. Acto seguido,
calzó la puerta con un tablón de madera para mante-
nerla abierta de par en par. El día vomitó un túnel de
luz que dibujó un rectángulo dorado en el fondo del
cobertizo. Soulayed pidió a Zahed que le entregara el
cinturón al experto, quien lo examinó rápidamente.
Satisfecho, el hombre le enseñó a Amed una cajita
plastificada que había sacado de su bolso. Le preguntó
si sabía lo que era.

—No, no lo sé —contestó Amed con timidez.

—Es un detonador, ¿entiendes? —se aseguró el experto, mirando a Amed a los ojos.

—Creo que sí.

—Cuando llegue el momento, sólo tendrás que pulsar aquí.

—Ok.

—¿Estamos?

—Sí.

—Que Dios te bendiga.

El experto ató la cajita al cinturón con un hilo amarillo.

—Hay otro hilo. Fíjate bien, es rojo, ¿lo ves?

—Sí, lo veo.

—Éste lo instalaremos más tarde.

—No tienes de qué preocuparte, Amed, de eso me haré cargo yo —añadió Soulayed a su espalda—. Lo haré justo antes de que subas a la montaña.

Soulayed le dijo algo a Zahed, pero Amed no lo entendió. A continuación salió del cobertizo y volvió un minuto después con una cámara fotográfica. La debía de haber dejado en el jeep.

—Quítate la camisa —le ordenó el experto a Amed, que obedeció, sorprendido por el tono firme de su voz.

El experto le tendió el cinturón.

—Toma, póntelo.

—¿Por qué? —preguntó Amed, nervioso.

—Para la foto —explicó Soulayed—. Colócate junto a la pared. Ponte derecho. Vuélvete hacia la luz. Eso es. No bajes la cabeza.

Amed, deslumbrado y aturdido, se echó a temblar.

—¿Qué te pasa? —gritó Soulayed—. ¡Míranos! ¡Piensa en nuestros enemigos! ¡Piensa en lo que les han hecho a tus abuelos!

Amed no podía pensar en nada. Tenía ganas de vomitar.

—Pero, hombre, ¡levanta la cabeza y abre los ojos! ¡Mira a tu padre, no lo deshonres!

Soulayed sacó una foto y luego otra.

—Piensa en el paraíso.

Amed hizo un esfuerzo por sonreír al tiempo que contenía las lágrimas.

—Debes sentirte dichoso, bendito seas, Dios te ha elegido.

Soulayed tomó una última foto.

—Ponte la camisa de nuevo. Tus padres se sentirán orgullosos de ti cuando te vean en la foto con el cinturón puesto.

Zahed tomó a su hijo de la mano.

—Ven, ha llegado la hora de despedirte de tu madre y de tu hermano.

Salieron del cobertizo. Tamara los esperaba en la puerta de casa con Aziz. Éste tenía la mano envuelta en un pañuelo manchado de sangre y se apresuró a explicarle a su padre que acababa de herirse cortando unas naranjas.

—Dile adiós a tu hermano —le dijo Zahed.

—Espera.

Aziz volvió a entrar en la casa corriendo y regresó con una bandejita presidida por un vaso grande.

—Mira lo que tu hermano te ha preparado —dijo Tamara con voz titubeante.

—Toma, bébetelo, así te marcharás con el sabor de lo mejor que da nuestra tierra —agregó Aziz.

Aziz se acercó a su hermano y se las ingenió para echarle el vaso encima. Los gemelos habían planeado ese ligero accidente días atrás, pero como Amed se lo contaba todo a su madre a espaldas de su hermano, Tamara ya estaba al tanto de lo que iba a ocurrir, así que, como habían previsto, le propinó una bofetada a Aziz por su torpeza. El experto se echó a reír. Soulayed lo mandó callar y levantó con cautela la camisa manchada de Amed para cerciorarse de que el jugo de naranja no había mojado el cinturón. El experto le explicó que no pasaba nada.

—Agua, jugo o sangre, da igual, todavía tenemos que establecer una última conexión para activar el detonador.

—Ya lo sé —dijo Soulayed, molesto—, no hace falta que me lo recuerdes.

—Ve a cambiarte —le dijo Tamara a Amed.

—Voy con él —dijo Aziz al punto.

Los dos hermanos subieron a toda prisa a su habitación. Una vez allí, se quitaron la ropa, y Aziz ayudó a su hermano a retirarse el cinturón.

—¿Qué rayos es eso de la conexión?

—Es para el detonador. Mira, Aziz, es esta cajita; el experto la ha unido al cinturón aquí, con el hilo amarillo, ¿lo ves?

—¿Y el hilo rojo?

—Soulayed dijo en el cobertizo que de eso se ocupaba él.

—Sí, pero ¿cuándo?

—Cuando estés en la montaña.

—¿Hay algo más que deba saber?

—No. Aziz…

—¿Qué?

—¡No te pongas la camisa manchada!

Una vez terminado el intercambio de ropa, Aziz le pasó a su hermano una navaja pequeña que había pertenecido a su abuelo Mounir. La había rescatado de los escombros de su casa.

—Córtate la mano izquierda, no te equivoques.

Amed se hizo un corte en la base del pulgar.

—Toma, Amed, esto es para ti.

—¿Qué es?

—Lo que ves, una carta. Léela después de mi muerte, ¿ok?

—Te lo prometo.

—No, júramelo.

Amed dejó caer un poco de sangre de la herida en el sobre.

—Te lo juro.

Agrandó con el dedo la mancha roja en la superficie del sobre, como si se tratara del sello que sellaría la carta de su hermano y que al mismo tiempo haría irreversible su intercambio. Aziz le entregó el pañuelo manchado con sangre de carnero y Amed se lo enrolló alrededor de la mano herida. Los dos hermanos volvieron a bajar con el corazón palpitante. A partir de ese momento, Aziz era Amed, y Amed, Aziz.

AZIZ

—Aziz, ¿te pasa algo?

Mikaël tuvo que repetir la pregunta por tercera vez para que su alumno alzara la cabeza hacia él y esbozara una sonrisa incómoda.

—No, nada, profesor.

—No me lo parece.

Mikaël había elegido a Aziz para representar el papel de Sony, un niño de unos siete años. No le había resultado muy difícil decidirse por él. Aziz aún conservaba esos ojos de niño asombrado y siempre alerta. Tenía una voz de insólita dulzura para ser un muchacho de veinte años. Mikaël tenía que andar insistiendo para que proyectara la voz en lugar de guardársela para sí. Su presencia frágil y fugaz como un animal al acecho le iba de perlas al papel que le había asignado.

Mikaël había escrito el texto ex profeso para la representación de fin de curso de los alumnos de cuarto, que ponían así el broche de oro a sus estudios de Arte Dramático. Al cabo de pocos meses todos serían actores profesionales en busca de audiciones para iniciar su carrera. Con el tiempo, Mikaël reconocería a alguno de ellos en algún anuncio de cerveza o de champú. Unos pocos conseguirían un papel secundario en alguna serie de televisión. La mayoría seguirían trabajando como meseros en algún restaurante. Y los más afortunados y talentosos lograrían captar la atención de alguno de los directores del momento, que no dudaría en ofrecerles un papel importante, de galán o de hermosa dama.

En la obra de Mikaël, Sony caía en manos de un soldado enemigo. El niño había sido testigo impotente del salvaje asesinato de sus padres. Tras rebanarle las manos, el soldado había matado al padre de un balazo. Acto seguido violó a la madre y la arrojó, ya muerta, sobre el cadáver mutilado de su marido. Asqueado por sus propios crímenes, vacilaba en deshacerse de Sony, que, a medida que las escenas se sucedían, le recordaba cada vez más a su propio hijo. La obra terminaba cuando el soldado le pedía al niño una buena razón para no sufrir la misma suerte que sus padres. Sony se quedaba callado. Otras escenas, en las que los dos bandos enemigos resultaban intercambiables, permitían denunciar el absurdo de la guerra.

Mikaël había dividido la clase en tres grupos distintos: el padre, la madre y el hijo; el soldado enemigo, y el coro de soldados enemigos. El trabajo parecía progresar bien. Los alumnos eran precisos, estaban concentrados. Todavía no se les pedía que interpretaran toda la gama de emociones, sólo se encontraban al principio del proceso de creación del espectáculo. Antes tenían que aprender a colocar el cuerpo en el espacio, a dirigir la mirada, a controlar sus gestos y a proyectar las intervenciones con ritmo y sin precipitarse. Mikaël temía que la escena de la violación entrañara cierta dificultad, pero ésta se había llevado a cabo sin excesivo nerviosismo. No obstante, una emoción casi religiosa se había apoderado de toda la clase cuando el soldado enemigo se acercó al niño después de asesinar a sus padres. Había que estar ciego para no percatarse de que aquella emoción provenía de Aziz y no de Sony.

—Aziz, ¿qué te pasa?

—Nada, profesor.

—No estoy tan seguro de ello.

—No puedo interpretar este papel.

—¿Por qué?

Sin decir una palabra más, Aziz salió del aula.

Al día siguiente, Aziz no fue a clase de actuación. Mikaël estaba disgustado. Al cabo de dos días lo llamó para proponerle que se dieran cita en un café situado cerca de la escuela. Se presentó con antelación y aguardó impaciente la llegada de su alumno. Por teléfono, Aziz le había parecido vacilante. Se notaba que algo lo había desasosegado. Ya habían pasado más de treinta minutos de la hora a la que habían quedado cuando distinguió la silueta del joven a través del ventanal del café. Aziz, con el rostro medio oculto tras una bufanda roja y un sombrero que le quedaba demasiado grande, no hacía más que deambular de un lado al otro delante del café. Mikaël salió y le hizo señas.

—¿Por qué no entras?

—No sé.

—¿Quieres que demos un paseo?

—Ok.

Caminaron en silencio mucho rato. Mikaël no se sentía cómodo e intuía que Aziz lo estaba aún menos. Nevaba ligeramente, era una de las primeras nevadas del invierno. Mikaël observaba los tenues copos de nieve que se arremolinaban a su alrededor. A esa hora, el Barrio Latino estaba más bien tranquilo, pues la mayoría de la gente debía de andar todavía atareada ganándose la vida en las oficinas, las tiendas y los restaurantes. A Mikaël le gustaban esos momentos de poca actividad en los que la ciudad descansaba antes de verse invadida por regimientos de gente ansiosa por regresar a casa.

—¿Por qué ha de morir el niño?

A Mikaël le sorprendió tanto la pregunta de Aziz que, durante unos segundos, no comprendió a qué se refería.

—¿El niño?

—Sí, el niño de su obra.

—Porque… porque es la guerra, Aziz.

—¿Quiere mostrar la crueldad de la guerra?

—Sí, creo que ése es el objetivo de la obra.

—Discúlpeme, no me gustaría parecerle descortés, pero no estoy de acuerdo.

—¿De acuerdo con qué?

—Con eso no basta.

—¿Con qué, Aziz? Dímelo.

—Con mostrar eso, todas esas cosas crueles.

—No quieres que el niño muera en la obra, es eso, ¿no? Pero ¿qué puede hacer contra el mercenario?

—No es justo.

—Lo sé, pero la guerra es así.

—¡Usted no sabe de qué está hablando!

El tono cortante de Aziz, que solía ser tan reservado, los volvió a sumir en el silencio. El alumno empezó a andar más deprisa, y a Mikaël le costó seguir su ritmo. Se detuvieron en una esquina para esperar a que el semáforo se pusiera en verde. Mikaël recuperó el resuello y, pese a la nieve, le propuso ir a sentarse en el parquecillo que quedaba al otro lado de la calle. Aziz no dijo nada, y Mikaël dio por sentado que la idea le parecía bien. Retiró la nieve recién acumulada sobre una banca y se sentaron el uno junto al otro, con los brazos cruzados sobre el vientre, exhalando nubecillas de vaho que se deshilachaban rápidamente en el aire.

Mikaël no se atrevía a retomar la conversación. Se sentía atacado. ¿Por qué no tendría derecho a hablar de la guerra como artista?

Al volverse para preguntarle a Aziz si tenía frío, se fijó en que una lágrima resbalaba despacio por la mejilla de éste hasta detenerse, congelada.

—Deme otro papel.

—Pero ¿por qué, Aziz? Explícame por qué.

—No es justo, ya se lo he dicho.

—Está claro que no es justo. El público lo va a entender como tú y eso es lo que pretendo. Veo que todo esto te ha conmocionado. Dime, Aziz, ¿qué sucedió en el último ensayo?

—No me llamo Aziz.

—¿Qué quieres decir?

—Amed. Así es como me llamaba antes.

—¿Antes de qué?

La luz del día declinaba y algunos neones se encendían tímidamente. Desde que habían abandonado el parquecillo, Aziz le había contado de un tirón a Mikaël la historia de su infancia, acompasando sus palabras con ritmo de sus amplias zancadas. Llevaban un buen rato andando por la ciudad sin conocer el rumbo exacto de sus pasos. Seguía nevando y la nieve cubría el relato de Aziz con una capa protectora, alejándolo en el espacio y en el tiempo, confiriéndole la textura de un sueño frágil a punto de desvanecerse.

—¿Qué ocurrió después de que hicieran el intercambio?

—Le había jurado a mi hermano que esperaría a que muriera para leer su carta. Eso fue lo que hice, esperé. Y eso fue lo que hicimos mis padres y yo: esperamos la muerte de mi hermano amordazados por la angustia, como quien espera a que llueva o a que amanezca. Dos días después tuvimos que aclamar el regreso de Soulayed como un acontecimiento feliz. Se apeó del jeep con un paquete grande envuelto en papel periódico. Todos sabíamos de qué se trataba. Nos sentamos en el salón. Mi madre hizo té, pero nadie lo tocó, salvo Soulayed. Aguardamos a que éste tomara la palabra, esperamos con el corazón en un puño a que nos dijera lo que había pasado al otro lado de la montaña. «Su casa ha dado un mártir a nuestro pueblo —comenzó a decir Soulayed con voz ceremoniosa—. ¡Que Dios la bendiga! Ahora Amed está en el paraíso. Nunca ha sido tan feliz. Su dicha es eterna. ¡Alégrense! Sí, sé que están apenados por la pérdida de su hijo, pero alégrense, alcen la cabeza y muéstrense orgullosos. Y tú —dijo Soulayed volviéndose hacia mí— deja de llorar, tu hermano está contigo, ¿no lo sientes? Nunca ha estado tan cerca de ti; oh, no, nunca tan cerca. Junto a la montaña, antes de marcharse, me volvió a decir lo mucho que los quería a ti y a tus padres. Alégrense, benditos sean.» Soulayed guardó silencio un rato y apuró su té. No osábamos hacerle preguntas. Mi madre le ofreció otro té, pero él fingió que no la había oído y retomó la palabra susurrando: «A esa gente no la oirán hablar de la misión de Amed, eso se los puedo asegurar. La derrota los avergüenza demasiado. Amed ha llevado a cabo una proeza ejemplar. Sí, como lo oyen: cumplió el objetivo que se le encargó con extraordinaria eficiencia. Dios lo guió, Dios guió sus pasos por la montaña, Dios lo iluminó en la oscuridad para que se abriera paso hasta ese campamento de barracas repletas de municiones e hiciera volar todo por los aires». Una amplia sonrisa se dibujó en sus labios y dejó a la vista unos dientes cuya blancura refulgía impoluta en la mancha oscura de la barba. De pronto su cuerpo se llenó de renovada energía. Cuando se levantó para quitarle el papel al paquete que había traído consigo, parecía más alto y fornido. Le presentó a mi padre su regalo: la foto enmarcada de su hijo muerto, su hijo el mártir, que había tomado en el cobertizo. La sostenía con aire triunfal, como un trofeo. Mi madre me lanzó una mirada suplicante. Al reconocerme en la foto, salí de la estancia corriendo. Instantes después oí cómo arrancaba el jeep de Soulayed y, asomado a la ventana de mi cuarto, lo vi alejarse con la esperanza de no tener que oír nunca más ese ruido planeando sobre el naranjal.

Aziz se desabrochó el abrigo y metió la mano en su interior para sacar un sobre doblado.

—Es la carta de mi hermano.

Se trataba de un sobre amarillento y arrugado. Al desdoblarlo, Mikaël entrevió la mancha parda que había dejado la sangre de Amed antes de que éste se convirtiera en el Aziz que tenía a su lado. Sintió una emoción que lo turbó sobremanera. Tenía la sensación de tomar parte en la historia de los dos hermanos, de palparla al mismo tiempo que sostenía entre las manos aquel sobre. Como si un fragmento del pasado de los muchachos hubiera pervivido y se materializara en otro planeta. Lo abrió. Halló una carta escueta, sin duda en árabe.

—¿Me la puedes traducir?

Aziz le tradujo la carta a medida que la leía. Al rato, Mikaël se dio cuenta de que el joven ya no la estaba leyendo, se la sabía de memoria, así que supuso que había debido de leerla miles de veces, como si fuera una plegaria.

Amed:

Cuando estuve en el hospital de la ciudad grande, conocí a una niña de nuestra edad. Estaba en la cama de al lado. Me caía bien. Se llamaba Naliffa. Un día, mientras yo dormía, oyó una conversación. El médico le decía a nuestro padre que nunca me curaría. Hay algo que se está pudriendo dentro de mí. Nadie en esta tierra puede impedir que esa cosa siga pudriéndose en mi cuerpo. Naliffa me lo contó todo antes de marcharse del hospital. Me pareció valiente por su parte. Ella misma sabía lo que le sucedería, pues también estaba muy enferma. Me dijo que debía saberlo. También quería que tú lo supieras, pero después de que me fuera. Te conozco de sobra y sé que no habrías aceptado hacer el intercambio. Pero gracias a ti voy a tener una muerte gloriosa. No sufriré y, cuando leas esta carta, estaré en el paraíso. ¿Ves?, no soy tan valiente como creías.

AZIZ

Mikaël estaba conmocionado. El niño que había escrito aquella carta de despedida tenía nueve años, y el destinatario, la misma edad. Mikaël se percataba de hasta qué punto la guerra borra las fronteras entre el mundo de los adultos y el de los niños. Le devolvió la carta a Aziz incapaz de articular palabra.

Los dos hombres reanudaron su deambular por la ciudad. La nieve transfiguraba el pequeño barrio chino que cruzaban en ese momento, y el resplandor rojizo de las tiendas se derramaba sobre ella.

—Mi hermano no me conocía. Se equivocó conmigo. Aunque mi madre no me lo hubiera pedido, habría hecho el intercambio. Fui un cobarde.

Aziz apuró el paso como si quisiera huir de algo. Sorprendido, Mikaël no sabía cómo reaccionar ante aquella confesión. Durante unos instantes, se limitó a mirar cómo Aziz desaparecía entre la nieve, que caía copiosamente. Tenía la impresión de haber vivido esa escena antes: ver a alguien alejarse con su misterio.

—¡Aziz, espérame! No tienes nada que reprocharte. Todo lo que acabas de contarme sobre tu infancia…, lo que debiste soportar…, esa guerra que sigue haciendo estragos allí después de tantos años…, tu madre, que no se avenía a perder a sus dos hijos…

—Usted no lo entiende. Tenía miedo del cinturón, le tenía miedo a Soulayed. Así que mentí, me hice el valiente. ¡No quería morir! ¿Lo entiende?

Amed estuvo caminando, caminando largo rato. Sin embargo, sus pasos tan sólo lo condujeron hasta la solitaria roca del naranjal. De un salto se encaramó a la roca, liviano como un pájaro. A su alrededor, las ramas cuajadas de frutos centelleantes se mecían en el viento. Cerró los ojos y agarró dos naranjas al azar. Febril, las colocó sobre la roca, una a su derecha y la otra a su izquierda. Con la navaja del abuelo Mounir cortó primero la de la derecha. No encontró ninguna semilla en las dos mitades de la naranja. Cortó la otra naranja y de ella brotó sangre. Contó una y otra vez y halló nueve dientecillos. Los sostenía en la palma ahuecada cuando empezaron a derretirse como si fueran de cera, quemándole la mano. Entonces despertó de su sueño.

Cuando no estaba acostado en la cama, que se le había hecho demasiado grande, Amed pasaba sus días mirando por la ventana de la habitación. Se decía que a fuerza de otear el horizonte terminaría por hacer que su hermano apareciera, por traerlo de vuelta desde el otro lado de la montaña, aunque fuera en mil pedazos. Su madre llamaba a la puerta, pronunciaba su nombre, pero él no respondía. Ella entraba y lo miraba con toda la tristeza del mundo.

—Come algo —le suplicaba Tamara.

—No tengo hambre.

—Te vas a poner enfermo. Hazlo por él, por tu hermano. ¿Crees que le gustaría verte todo el día acostado en la cama? ¿Y bien? ¿No le contestas a tu madre? Háblame, Amed. ¿Cómo crees que me siento? Si alguien tiene la culpa, ésa soy yo. Si alguien debe sufrir, soy yo. ¿Me has entendido, Amed? Déjame a mí todo el sufrimiento, ya me ocuparé yo de eso. Y tú dedícate simplemente a vivir. Te lo ruego, come algo y olvida, olvida…

Amed se recluía en su silencio, Tamara cerraba la puerta de la habitación con el corazón hecho añicos. La herida que Amed se había hecho en la mano con la navaja del abuelo, si bien superficial, no acababa de cicatrizar. El muchacho no dejaba de abrírsela con las uñas, haciéndola sangrar. Las voces, cada vez más numerosas, lo hostigaban con frases acusadoras que resonaban en su cabeza como una pala al golpear contra una piedra. Se burlaban de él y reían sarcásticamente sin motivo aparente. Ya no lograba conciliar el sueño si no se abrazaba a la almohada de su hermano. Una noche lo embargó la certeza de que rodeaba con los brazos el cuerpo de Aziz, que había vuelto a aparecer. Fue una sensación tan intensa que lloró de júbilo.

«Aziz no se marchó con el cinturón para hacerse volar por los aires en los campamentos de barracones enemigos. No, toda esa historia no son más que imaginaciones mías, tal vez sólo lo haya soñado», se repitió Amed como una plegaria mientras se quedaba dormido.

Apretó la almohada con tanta fuerza que, en sueños, creyó que salía sangre de ella. Asqueado, se despertó sobresaltado y arrojó la almohada al suelo. Al incorporarse en la cama, distinguió una masa oscura acuclillada bajo la ventana.

—¿Quién está ahí?

Amed oía a alguien respirando.

—¿No me reconoces?

—¡Abuelo Mounir!

—No te acerques, no quiero que me veas.

—¿Por qué?

—No estoy presentable, quédate en la cama.

—¿Fue a ti a quien vi el otro día en el cobertizo?

—Ésa era mi sombra.

—¿Todavía no estás en el paraíso?

—No, aún no. Estoy buscando a tu abuela.

—¿No está contigo?

—No, Amed. Cuando la bomba cayó, tu abuela no estaba en la cama. La bomba pulverizó nuestros cuerpos en direcciones opuestas.

—La encontramos en la cocina —dijo Amed tímidamente—. Estaba haciendo un pastel.

—¿Un pastel?

—Sí, fue mamá quien nos lo dijo.

—Los perros, Amed.

—¿Los perros?

—Los perros. ¡Los perros! Debió de despertarse en mitad de la noche porque tenía miedo de los perros. Nuestros enemigos, ya lo sabes, justo al otro lado de la montaña. Siempre se sintió a salvo en su cocina.

—Tal vez estés en lo cierto.

—Escúchame, Amed: no tenías derecho a ocupar el lugar de tu hermano.

—Yo no quería hacerlo. Me obligó mi madre.

—Has desobedecido a tu padre. Has cometido una falta grave.

—Pero, abuelo, Aziz estaba enfermo y…

—Sí, todo eso ya lo sé, pero has puesto furioso a Dios.

—¡No!

—¡Lo has puesto furioso, Amed! Ésa es la razón por la que tu abuela y yo estamos separados. Por tu culpa vivo mil muertes. Por tu culpa tu abuela no ha encontrado el camino del paraíso.

—¡No!

—Nos hemos extraviado en una oscuridad infinita. No volveré a ver a tu abuela Shahina hasta que vengues nuestra muerte con tu sangre. ¡Tú también debes vengarnos! La sangre de tu hermano no es suficiente.

—¡No!

—Vénganos o tu abuela y yo erraremos por el mundo de los muertos hasta el final de los tiempos.

—¡No, no quiero! ¡Déjame, abuelo!

—No quería imponértelo, pero ahora no me queda más remedio. Voy a salir de la sombra para que puedas verme bien. Amed, mira lo que me han hecho los perros, mira lo que queda de mi cuerpo, de mi rostro. Ya ni siquiera tengo ojos. Mira la boca que te habla, no es más que una herida sanguinolenta, ¡mira!

Amed vio que una boca enorme se inflaba de sangre y avanzaba hacia él.

«¡Ladrón! ¡Ladrón! ¡Te voy a denunciar! ¡Le has robado la vida a tu hermano! ¡Le has despedazado el cuerpo! ¡Lo has escondido en tu almohada!»

Aquella noche, los gritos aterrados de Amed despertaron a Zahed y a Tamara. Cuando entraron en la habitación, el niño estaba de pie en la cama y gritaba de miedo señalando la ventana con el dedo. Se había mordido la mano herida y embadurnado el rostro de sangre. No dejaba de repetir que la boca grande de Dôdi había intentado comérselo.

Al alba, Zahed tomó prestado el camión del vecino. Había que hacer algo. Amed ardía de fiebre y deliraba. Desde que su hermano había fallecido, no había hecho sino adelgazar, hasta el punto de que parecía un esqueleto. Tamara lo arrebujó con una manta y subió con él al camión. Ella también parecía febril y no lograba contener las lágrimas. Unos meses antes, Zahed había alquilado un coche para llevar a su hijo Aziz al hospital. Al regresar a la ciudad grande esa mañana, creía llevar al mismo hijo. No sospechaba que en esa ocasión el que estaba en brazos de su mujer era Amed. Cruzaron varios pueblos desfigurados por los últimos bombardeos. De repente, Zahed detuvo el camión.

—El médico nos lo había advertido. Esto está llegando a su fin, Tamara.

—¡No, no es posible!

—Deberíamos dejarlo morir en paz. No servirá de nada llevarlo hasta allí. Será peor para él. Y para nosotros. Mira, volvamos a casa.

—Te lo ruego, Zahed, tenemos que llevarlo al hospital.

—Las carreteras ya no son seguras. Lo sabes de sobra, de un tiempo a esta parte se han vuelto demasiado peligrosas. ¿Crees que va a cambiar en algo las cosas, eh? Para mí, Aziz ya está…

—¡No tienes corazón!

Tamara estaba a punto de revelarle a su marido el intercambio entre los dos hermanos cuando Zahed arrancó en dirección a la ciudad grande.

En el hospital, al reconocer el rostro de su padre inclinado sobre el suyo, Amed cayó en la cuenta de que algo extraño había sucedido. Nunca había visto a su padre con una sonrisa tan dulce. Zahed ya no era el mismo hombre.

Su madre le explicó lo que había ocurrido durante los días en los que estuvo delirando. El médico le había hecho varios análisis tomándolo por Aziz. Pero, como era de esperar, no encontró rastro del cáncer. Para el médico que había atendido a su hermano, se trataba de un verdadero milagro. No daba con otra explicación para aquella sorprendente curación. Un milagro que sumió a Zahed en la alegría y a su mujer en la angustia.

Una vez en casa, Zahed le decía a quien tuviera a bien escucharlo que sus plegarias habían sido atendidas: Dios había sanado a su hijo enfermo. El padre se acercaba al hijo, lo tocaba como si quisiera asegurarse de que realmente estaba vivo, lo tomaba entre sus brazos y repetía que la muerte del hijo que había sacrificado no había sido en balde: Dios lo había recompensado curando a su hermano.

Amed estaba avergonzado y sentía incluso pavor.

Poco tiempo después se produjo un periodo de calma en la región. Los bombardeos prácticamente habían cesado. La época de la cosecha se acercaba, y Zahed contrató a una docena de trabajadores para que lo ayudaran con las labores del naranjal. Los canastos de naranjas se agolpaban en el exiguo almacén, no faltaba mucho para que terminara la recolección. Zahed decidió entonces celebrar una gran fiesta en honor a Amed, su hijo muerto como un mártir, y a Aziz, su otro hijo, al que Dios había salvado. Fue así como aquel año invitó a la gente a celebrar con ellos el final de la cosecha.

Acudió una gran muchedumbre: todos los trabajadores, miembros de su familia y vecinos. Zahed también invitó a Kamal, el padre de Halim, y, por supuesto, a Soulayed. Tamara decoró la casa, y las mujeres de la zona la ayudaron a preparar un sinfín de platos. Amed tuvo derecho a que le compraran ropa nueva. En el salón recargaron la descomunal foto del hijo mártir con guirnaldas y encendieron unos farolillos frente a ésta. Amed no podía mirarla. Bajaba la cabeza cada vez que tenía que pasar delante de ella. Aquella foto era mentira. Nunca antes había visto tanta gente en la casa. Los presentes hablaban como si estuvieran contentos. Aquella alegría bulliciosa también era mentira. Antes de que Tamara sirviera la cena, Zahed insistió en llevar a todo el mundo al lugar en el que se encontraban las ruinas de la casa de sus padres. Con un ímpetu que aumentó con el interés de todos los que lo escuchaban, se puso a hablar de la noche fatídica. Describió el ruido ensordecedor de la bomba, el espantoso olor que siguió, los restos, los cuerpos despedazados de sus pobres padres. Volviéndose hacia la montaña, los invitados profirieron insultos a los enemigos. Fue entonces cuando dos manos se posaron sobre los hombros de Amed, quien se asustó al darse la vuelta y ver la resplandeciente sonrisa de Soulayed.

—¿Qué tal estás?

Amed no acertaba a contestarle.

—¿Te has quedado sin lengua?

Las palabras se le enredaban en la garganta.

—¿Eres Amed o Aziz? Es curioso, nunca logro acordarme. ¿Cómo se llamaba el que vino conmigo?

Amed sabía que estaba mintiendo o fingía no acordarse. Todo el mundo conocía el nombre del muchacho que había muerto como un mártir. Todo el mundo lo había pronunciado docenas de veces desde que la fiesta había comenzado. Ese nombre era el suyo.

Amed volvió a entrar en la casa sin abrir la boca. Tras la cena, Zahed se levantó, mandó callar a todo el mundo y le pidió a Kamal que dirigiera unas palabras a los invitados. Éste se puso en pie a su vez y habló del sacrificio de su único hijo, Halim. Kamal había envejecido mucho en tan sólo unos meses. Le temblaba la voz, las palabras le caían de la boca como frutas podridas. Afirmaba ser el padre más feliz del mundo. Su hijo estaba en el paraíso. Después Zahed cedió la palabra a Soulayed, cuya elevada estatura impuso un silencio cargado de respeto.

—«La cosecha colma de regocijo a la esperanza, la esperanza yace en la mirada que no teme ver la verdad», dijo nuestro gran poeta Nahal.

Soulayed se dirigió a los presentes con aquella frase. Amed no la olvidaría nunca y se la repetiría a menudo a partir de entonces. Se le antojó brillante y cegadora a un tiempo. Como un enigma obsesivo. Estaba convencido de que Soulayed la había pronunciado solamente para él. Era una ilusión. La verdad de Soulayed no tenía nada que ver con la suya, pero era demasiado joven para comprenderlo con claridad.

—La mirada es como el pájaro: le hacen falta alas para mantenerse en el aire; de lo contrario, cae a tierra —continuó Soulayed—. Jamás debemos agachar la vista ante el enemigo. Jamás. Nuestro odio y nuestra valentía son las alas que transportan nuestra mirada más allá de la montaña, más allá de las mentiras con que se alimentan los perros. Kamal y Zahed lo comprendieron. Y sus hijos también.

Soulayed se situó entonces delante de la foto del mártir de la casa, aquella foto que remitía a Amed a su propia imagen, y habló del valor de su hermano, de la belleza de su sacrificio. Habló largo y tendido. Sus frases se curvaban, regresaban al punto de partida, volvían a empezar con más fuerza aún. Soulayed parecía inagotable. Todos los invitados lo escuchaban embelesados sin apenas osar moverse. Al cabo de un rato, Amed se percató de que ya no lo estaba escuchando. Tenía la mirada fija en los labios de Soulayed, que se habían desprendido de su rostro barbado y escupían en el salón palabras que terminaron por carecer de sentido. Se habían transformado en ruido. Las palabras de Soulayed explotaban en el aire como pequeñas bombas frágiles que dejaban tras de sí un reguero de silencio.

Amed se arrimó a él. Estaba tan cerca que Soulayed dejó de hablar, se agachó y lo levantó en brazos. Lo miró con extrañeza. De buenas a primeras, a Amed lo embargó un intenso dolor, como si un animal estuviera tratando de escapar de su vientre. Y después vio algo en la boca de Soulayed. En su gran boca abierta, ante sus ojos. Algo que veía sin llegar a ver realmente.

—¿Qué, Aziz? ¿Qué fue lo que viste en la boca de Soulayed?

Aziz miró a Mikaël a los ojos por primera vez en toda la tarde.

—No sé cómo explicárselo, profesor. No puedo.

—¿Una visión? ¿Tuviste una visión?

—Tal vez. Sí, como una visión. Pero no con imágenes. Aquello se asemejaba más a un olor…

—¿Un olor que habrías visto?

—No lo sé, pero lo que acababa de irrumpir en mi corazón era algo inquietante… Como un pálpito…

—¿Que procedía de su boca?

—Sí. Estaba ahí.

—¿Un pálpito de qué?

—Algo terrible había sucedido y tenía que ver con mi hermano. Y eso, esa cosa, se hallaba en la boca de

Soulayed. Se hallaba allí como un recuerdo o una sensación… Al contárselo me doy…, me doy cuenta de que todo eso no tiene ni pies ni cabeza.

—No, al contrario, Aziz. Sigue, por favor. ¿Qué sucedió luego?

—Me puse a temblar. Las sacudidas me desgarraban el cuerpo. Soulayed me apretó contra sí, estrechándome entre los brazos. El dolor que tenía en el estómago se transformó. Lo que quiero decir es que ya no se trataba de un dolor, sino de una fuerza que pugnaba por salir de mí a toda costa. Me zafé del abrazo de Soulayed para precipitarme hacia la foto. Rompí el cristal de un puñetazo y desgarré la foto en dos jirones que quedaron colgando del marco. A continuación me puse a gritar delante de todos los invitados de mi padre: «¡Soy yo quien sale en esta foto, yo, Amed! ¡Nunca hubo ningún milagro, fue Aziz quien se marchó!». Mi padre me agarró por el cuello con una sola mano, me levantó en el aire y me arrojó contra la pared. Me desmayé. Cuando volví en mí, estaba acostado en la cama. Mi madre estaba inclinada con la cara pegada a la ventana de mi habitación. La llamé. Se volvió hacia mí. Me costó reconocerla. Tenía el rostro hinchado, y unas inmensas ojeras le enmarcaban los ojos. Tenía un rastro de sangre seca en la nariz. Hablando con dificultad, me dijo que no podía seguir viviendo en aquella casa. Me había convertido en un hijo de nadie.

—¿Tuviste que irte de casa?

—Sí, me fui a vivir a casa de un primo de mi padre en la ciudad grande. Estuve viviendo allí un par de meses. Me maltrataron. Había deshonrado a mi familia. No merecía la comida que me ponían. Apenas si me toleraban. Yo quería ver a mi madre, no sabía nada de ella. Mi padre le tenía prohibido verme. Y un buen día, el primo de mi padre me anunció que me mandaban a América. No me lo creí. Pero era verdad. Cuando llegué aquí, me enteré de que mi madre lo había arreglado todo con ayuda de su hermana para que saliera del país. Llegué en un barco junto con decenas de refugiados. Fui a vivir a casa de mi tía Dalimah. Mi tía había perdido al niño que llevaba en el vientre. Lloré al verla. Se parecía a mi madre. Lloré tanto…

Aziz guardó silencio con los ojos fijos en la taza de café. Mikaël no se atrevió a quebrar el silencio. Alzó la cabeza hacia el ventanal del restaurante en el que se habían cobijado tras una larga caminata. La noche caía con rapidez. A lo lejos, Mikaël distinguió el río, que desaparecía en una luz azulada. Nevaba débilmente; en la luz de las farolas titilaban unos copos extraviados.

—¿Cómo prefieres que te llame: Aziz o Amed?

—Puede seguir llamándome Aziz.

—¿Aún tienes frío?

—No.

Mikaël pidió la cuenta y salieron del restaurante. Las aceras, las calles, los viandantes, los techos de los automóviles, todo estaba blanco, cubierto de una nieve inmaculada. Antes de despedirse de él delante de una estación del metro, Mikaël le preguntó a Aziz si pensaba volver a su clase.

—¿Y el niño de la obra? —preguntó Aziz.

—No te preocupes: Sony no morirá.

Aziz volvió a asistir a las clases de actuación. Mikaël se sentía aliviado y, al mismo tiempo, percibía su regreso como una responsabilidad adicional. Le había prometido que Sony no moriría. Para ello debía reescribir la escena en la que el mercenario pedía al niño que le diera una razón válida para que le perdonara la vida. ¿Cómo cambiar ese final? ¿Cómo hallar las palabras que conmovieran el corazón de ese soldado envilecido por la guerra, desesperado y deshumanizado? Tras vacilar durante algún tiempo, Mikaël hizo acopio de valor y le propuso a Aziz que relatara la historia de su propia infancia, esa historia que le había contado días antes por las calles de la ciudad. No se le ocurría nada mejor. Las palabras de Aziz, incluso improvisadas, sonarían más acertadas, más auténticas que todo cuanto hubiera podido escribir para esa escena. Estaba convencido de ello. Se decía que si el soldado escuchaba esa historia de un niño enfermo que llevaba un cinturón de explosivos, esa historia de intercambio entre dos hermanos gemelos, esa historia que no era teatro, puesto que alguien la había vivido realmente, se decía que si el soldado pensaba en su propio hijo al escuchar esa historia, en su hijo, tan parecido al niño que le contaba esa historia, punzante como un recuerdo, era probable que entonces no abatiera a Sony como un perro.

—No podré hacerlo —se apresuró a contestarle Aziz.

—No tendrás más que decirlo con tus propias palabras. Sólo dirás lo esencial. Todo eso no durará sino un par de minutos.

—No podré, profesor.

—Medítalo, ¿quieres?

—No es necesario.

—Te puedo ayudar.

—¡No podré! —gritó entonces de una manera que ponía fin a la conversación.

—No te lo tenía que haber pedido, perdóname. Voy a pensar en otra cosa. No te preocupes, encontraré una solución. Sony no morirá. Hasta mañana, Aziz.

Aziz se fue sin despedirse de él.

Mikaël ensayaba ese día en el salón de actos de la escuela, un espacio convertible que podía acoger a unos cien espectadores. El decorado, la iluminación y el vestuario habían sido concebidos y realizados por los alumnos de escenografía, a los que Mikaël supervisaba junto con otros profesores. Acababan de terminar el primer ensayo de la obra con el decorado, y la jornada había resultado más bien ardua. El ritmo de las escenas corales era demasiado lento, y hacía falta cambiar más de la mitad de los juegos de luces que habían propuesto a Mikaël. Todos habían salido del salón de actos, cansados y excitados al mismo tiempo, todos excepto Aziz, al que Mikaël había retenido para hablar con él. La solución que proponía respecto al personaje de Sony había aterrorizado al muchacho. Mikaël se sentía desanimado. Después de que Aziz se hubiera ido, se quedó largo rato en el centro del decorado. Todo el escenario estaba cubierto de arena que habían extendido sobre un panel de plástico. Bajo ese panel se habían instalado unos quince proyectores. La luz subía desde el suelo e iluminaba la capa de arena, tornándola abrasadora o fría en función de la escena. El alba o el crepúsculo nacían en aquella ambientación desértica. Durante el transcurso de la acción, la arena se desplazaba con los movimientos del conjunto de actores, que dibujaban en ella caminos de luz. El suelo se metamorfoseaba entonces en una red luminosa que arrojaba al público su cruel misterio o sus signos de esperanza.

Sentado en la arena, engullido por la penumbra, a Mikaël no dejaba de atormentarlo el mercenario que había creado. ¿Acaso no era más que un monstruo? Mikaël no era estúpido. No había escrito ese texto simplemente para que sus estudiantes reflexionaran. Se planteaba a sí mismo numerosas cuestiones en torno al mal. Era demasiado fácil acusar a aquellos que cometían crímenes de guerra de ser asesinos o bestias feroces. Sobre todo cuando el que los juzgaba vivía lejos de las circunstancias que habían provocado esos conflictos cuyo origen se perdía en la vorágine de la historia. ¿Qué habría hecho él en tales circunstancias? ¿Habría sido capaz, como millones de hombres, de matar por defender una idea, un pedazo de tierra, una frontera, yacimientos de petróleo? ¿Habrían conseguido adoctrinarlo a él también para que matara a inocentes, mujeres y niños? ¿O habría tenido el valor, aun a riesgo de perder la vida, de desobedecer la orden de abatir de una ráfaga de metralleta a personas indefensas?

—No se lo he contado todo, profesor.

Mikaël se sobresaltó. Sumido como estaba en sus pensamientos, no se había dado cuenta de que Aziz había vuelto al salón de actos. Adivinaba su silueta entre las hileras de butacas.

—No te veo muy bien. Enciende la mesa de control que tienes a tu lado.

Para los ensayos se instalaba la mesa de control del regidor en el centro de la sala. Era más práctico para dar las indicaciones de luz y sonido. Cuando Aziz la encendió, el suelo del escenario se iluminó y, por un instante, Mikaël quedó deslumbrado.

—¡Qué bonito!

—¿Qué, Aziz?

—El decorado. Esa luz que atraviesa la arena. Es como si estuviera lloviendo al revés.

—Sí, una lluvia de luz que sube desde el suelo. De eso se trata, precisamente.

—No se lo he contado todo, profesor.

—¿Acerca de qué?

—Acerca de Soulayed.

—¿Qué quieres decir?

—Lo que vi en su boca, ¿se acuerda?

—¿Te refieres al pálpito que tuviste?

—Sí, a esa cosa. Era… una mentira.

—Acércate. Sube al escenario.

Aziz fue a sentarse en la arena. La luz incidía en su rostro y lo transformaba, lo hacía parecer más mayor y adusto.

—Soulayed no era más que un mentiroso, profesor. Nos mintió el día en que nos llevó a mi hermano y a mí en el jeep.

—¿Qué quieres decir?

—Nos dijo que la montaña estaba plagada de minas. Nos dijo que Dios había guiado nuestros pasos aquel día. Era mentira. Nunca hubo minas en esa montaña. Y Dios no rompió la cuerda de nuestra cometa. Sólo fue el viento. Y lo que distinguíamos al otro lado de la montaña no eran las barracas de un campamento militar, era un campo de refugiados. Soulayed nos manipuló. Manipuló a nuestro padre. Nos manipuló a todos.

—Es horrible.

—Sí, lo es.

—Lo siento, Aziz.

—Soulayed no hizo sino mentirnos, profesor. Por su culpa el paraíso es un campo de ruinas, y mi hermano, un asesino.

—No digas eso, tu hermano no era más que un niño.

—Tengo todo el derecho a decirlo.

—No lo acuses de ser un asesino. O entonces yo ya no entiendo nada. ¿Qué ocurre, Aziz?

—Me enteré de muchas cosas gracias al marido de mi tía Dalimah. Mi padre no dejaba de repetir con desprecio que nuestra tía se había casado con un enemigo. Al principio le tenía miedo, y el miedo me podía. Pero no me quedó más remedio que ir a vivir a su casa. También sentía vergüenza. Vergüenza porque habría podido, de haber sido yo quien llevara el cinturón, matar a parientes o a vecinos suyos. Imaginé tantas cosas aterradoras... Con el tiempo me di cuenta de que mi tío no era un perro, como afirmaba mi padre, sino un hombre justo y bueno que había huido de su país porque ya no soportaba las bombas, los atentados, las matanzas y las mentiras. Cuando dije que quería ser actor, mi tía estuvo de acuerdo, pero él no. Trató de disuadirme. Quería que fuera ingeniero, como él. Me decía que con mi acento nadie me daría un papel, que no podría trabajar en mi nuevo país, que era demasiado diferente. Insistí. Le decía: «Pero, tío Mani, eso es lo que más deseo en el mundo. Voy a trabajar mucho y ya verás cómo lo logro. Y nadie, absolutamente nadie, podrá decir que tengo acento extranjero, nadie podrá decir de dónde vengo». No atendía a razones, así que le hablé de las voces y las estrellas.

—¿De las voces y las estrellas?

—No vaya a creer que estoy loco, profesor, pero todas las noches contemplo el cielo y pienso en mi hermano. Lo busco en el cielo.

—¿Y lo has encontrado?

—No, mi hermano ha desaparecido del cielo. Pero esto es más fuerte que yo, y sigo buscándolo.

Aziz agarró un puñado de arena y observó el hilillo que se le escapaba lentamente de la mano levantada. Los granos centelleaban cuando un rayo de luz los atrapaba al vuelo.

—Le dije al tío Mani que si no era actor, moriría.

—¿De veras le dijiste eso?

—Sí.

—Tal vez era un poco exagerado. ¿Qué edad tenías?

—Acababa de cumplir catorce años.

—¿Y ya sabías que querías ser actor?

—Sí.

—¿Y las voces? Le dijiste a tu tío lo de las voces que oías, la de Halim o la de tu abuelo, ¿no es así?

—No, ésas desaparecieron en cuanto llegué aquí, pero surgieron otras. Otras muchas. Ésas fueron las que le mencioné a mi tío. Le dije: «Tío Mani, no se lo digas a la tía Dalimah, pero oigo voces. Como si estuvieran durmiendo en el cielo y mi mirada las sacara del sueño.

Susurran, murmuran, me llenan la cabeza con sus tormentos. Hay tantas como estrellas perforan la noche. Cuando cierro los ojos, las voces se encienden en mi cabeza». Mi tío me dijo que tenía una imaginación desbordada, que todo eso desaparecería cuando tuviera un buen trabajo, cuando hubiera encontrado a la mujer de mi vida y me tocara tener hijos.

—Y entonces ¿qué pasó?

—Insistí. Le dije que tenía la impresión de que había docenas de personas viviendo en mi cabeza. «Tío Mani, tal vez lleves razón, tengo demasiada imaginación, pero ¿qué hago para tener menos? Es como si llevara siempre conmigo una ciudad en miniatura. Oigo a niños que se divierten, ríen, a veces cantan y luego, ya ves, no sé muy bien por qué, se ponen a gritar. Y entonces oigo otras voces, voces de mujeres y hombres que tienen la edad de mis padres y otros que tienen la voz cansada de la gente mayor, y todas esas voces se alarman, se lamentan, gimen y gritan de rabia como un solo alarido. Y, ¿sabes lo que creo, tío Mani?, que todas esas voces quieren que las oigan. Quieren existir de veras. No sólo como fantasmas en mi cabeza. Si me hago actor, voy a poder traerlas al mundo, darles la palabra. La palabra, ¿entiendes, tío Mani? Una voz que todo el mundo va a poder oír con palabras de verdad, frases de verdad. De lo contrario, se pudrirán dentro de mí o seré yo quien se convierta en un fantasma.»

—Es cierto que tienes mucha imaginación, Aziz. ¿Le dijiste todo eso a tu tío?

—Claro, profesor. No me quedaba otro remedio.

—¿Por qué?

—Porque era la verdad.

—¿Y cómo reaccionó tu tío?

—Con otra verdad. El tío Mani me dijo: «Mi pequeño Aziz, entiendo lo que quieres decir. Sí, ahora lo entiendo. Creo que sé de dónde provienen esas voces que me acabas de describir. Por desgracia, no proceden sólo de tu mente. Creo que ya va siendo hora de que te diga la verdad sobre tu hermano. Nunca lo conocí. Todo lo que sé de él me lo han contado tu tía Dalimah y tú. Pero quiero que sepas que para mí tú eres Amed y Aziz. Eres ambos. No sigas buscando a tu hermano, porque se halla en tu corazón». Y después me tomó la mano y la sostuvo entre las suyas al tiempo que me decía: «Escucha, Aziz: comprobé todo lo que me contaste sobre Soulayed. Hablé con personas serias en las que confío. A otras les escribí. También consulté los periódicos de la época. Todavía tengo bastantes contactos allí; sobre todo, periodistas, y te puedo asegurar una cosa: nunca ha habido minas en la montaña.

Cuanto Soulayed les contó es mentira. Tu hermano nunca fue hasta el otro lado de la montaña. Ésa no era su misión. Allí no había ningún campamento militar que hacer volar por los aires. Al otro lado de la montaña sólo había un triste campo de refugiados. Con tu hermano, el día que se lo llevaron, partieron hacia el sur, la misma dirección que habían tomado con Halim. Nunca se sabrá lo que le explicaron realmente a tu hermano antes de abandonarlo a su suerte. Debió de cruzar la frontera por un túnel secreto. No te lo puedo confirmar, pero lo que sí es cierto, y nadie podrá borrarlo de la historia de nuestros países, es cómo murió tu hermano. Se hizo explotar entre unos cien niños. Niños, Aziz, niños de su edad. Hubo decenas de muertos y heridos, gravemente mutilados. Esos niños estaban participando en una competencia de cometas. Los habían reunido antes en una escuela para asistir a un espectáculo de marionetas. No tenía la intención de revelártelo hoy. Tu tía y yo lo hemos hablado muchas veces. Sabíamos que tarde o temprano te enterarías. Al principio me sorprendió incluso que nadie te hubiera puesto al corriente cuando todavía estabas allí. Supongo que hicieron todo cuanto estaba en sus manos por ocultarte esa información. Para utilizarla en su favor. Hace un rato, cuando me hablaste de esas voces que oías, no pude evitar pensar en los niños sacrificados y en el dolor desgarrador de sus padres. Creo que estás de luto por todos esos niños muertos. Creo que eso es lo que oyes y te hace sufrir. Quizá sea el último mensaje que tu hermano te envió al pulsar el detonador. No todo tiene explicación. Ni siquiera la guerra, que carece de explicación cuando mata a niños». Eso fue lo que mi tío me reveló ese día.

Aziz se puso en pie y, al dar una patada en la arena, levantó una nube de polvo y luz que envolvió el escenario.

—Mi hermano es un asesino. No puedo contar su historia como usted me pide. No arreglaría nada. No salvaría a nadie, mucho menos a un niño. Busque otra cosa para la escena.

Mikaël no sabía qué contestarle. Las palabras se le atoraban en la garganta.

—¡Mi hermano es un asesino de niños, profesor!

Repitió la frase. Mikaël se quedó un rato mirándolo. Tenía a Aziz frente a él, como si estuviera esperando algo. Con la polvareda que se había levantado, el espacio que envolvía su cuerpo había adquirido un aspecto poroso, evanescente. Mikaël sintió ganas de tomarlo entre sus brazos y estrecharlo contra sí, y se incorporó a su vez. Tenía que haberlo hecho. Aziz sólo necesitaba que lo reconfortaran. Pero Mikaël insistió, tratando de hacerlo cambiar de opinión. Tenía que contar su historia. Era la mejor solución. El atentado suicida de su hermano, al margen de que hubiera tenido lugar en una escuela abarrotada de niños o en un campamento militar, no cambiaba en nada la lógica de la guerra. En ambos casos, se trataba de destruir al enemigo y los medios de que éste disponía para atacar y defenderse. Mikaël se oía a sí mismo pronunciando esas palabras y se sentía odioso. No acertaba a pensar con claridad. Se perdía en sus razonamientos, sus argumentos sonaban falsos. Había una diferencia entre matar a niños inocentes y hacer volar por los aires campamentos militares. Cualquiera la vería. Pero, sin ser consciente de ello, Mikaël se estaba poniendo en el lugar del personaje del mercenario que había creado. ¿Qué elemento del relato de Aziz podría emocionarle? ¿Qué haría que le perdonara la vida al niño? ¿Por qué razón un hombre entrenado para matar escucharía esa historia de intercambio entre dos hermanos gemelos?

Las preguntas surgían una tras otra, y Mikaël temía que las posibles respuestas no fueran sino meras ilusiones. Incluso su espectáculo se le antojaba ya pretencioso y vano. Luchaba contra el temor de ver su proyecto teatral desmoronarse como un castillo de naipes ante el relato de Aziz y aquel hecho infranqueable: su hermano, un niño de nueve años, se había hecho explotar entre niños de su edad.

Mikaël se acercó a la mesa de control, la apagó y encendió el plafón del salón de actos. No podía seguir aguantando aquella iluminación moteada de sombras. Invitó a Aziz a tomar asiento en la butaca que había a su lado. Durante un buen rato se quedaron mirando el vacío que tenían ante sí, la enorme boca del escenario, con su poder para mentir y decir la verdad.

—¿Por qué aceptó realizar un acto tan impensable como aquél? Ésa es la pregunta que has debido de hacerte cientos de veces, ¿no es así?

Aziz miraba hacia adelante. Mikaël aguardó unos segundos a que le contestara. Aziz parecía ausente.

—No estás siendo justo al acusar a tu hermano de asesino. ¿Cómo saber lo que ocurrió en su corazón cuando hizo lo que se esperaba de él? Lo engañaron hasta el último momento. A saber si no lo drogaron…

—No sabe de lo que está hablando, profesor.

—Tienes razón, no tengo ni idea. Me he atrevido a escribir una obra sobre la guerra en la más absoluta ignorancia de lo que ésta entraña, de lo que provoca. ¿Por qué me habré metido donde nadie me llama?

—No quería herirlo.

—Pues lo has hecho.

—Discúlpeme.

—No te disculpes. Es bueno que de vez en cuando suceda algo en nuestra existencia que nos sacuda, que nos saque de nuestras banalidades.

—A mí me gusta su texto.

—Gracias, pero sigue estando inacabado. Además, no me interesa saber si te gusta o no. No se trata de eso.

—Está enojado, profesor.

—¡Sí, lo estoy!

Aziz se levantó y se dirigió despacio hacia la salida. Mikaël no hizo nada por retenerlo.

SONY

Aziz había dejado de ir a los ensayos y no contestaba las llamadas de Mikaël ni de sus compañeros. Era una falta grave. Estaba poniendo en peligro su formación y se arriesgaba a que lo expulsaran de la escuela. Dos días antes del estreno, a Mikaël no le había quedado otra que repartir su papel entre tres alumnos para que éstos no tuvieran demasiadas intervenciones que memorizar en tan poco tiempo. En la escena final, el mercenario ya no se dirigía a Sony, que ya no estaba presente físicamente en la escena, sino al público. De ese modo, cada espectador se convertiría en el niño. A Mikaël no le convencía la solución, pues no permitía hacerse una idea clara de la decisión del mercenario: ¿iba a matar al niño o a perdonarle la vida? La respuesta flotaría en la mente de los espectadores de forma abstracta. Pero, dado el estado de irritación en el que se hallaba sumido, Mikaël no había conseguido encontrar una solución mejor.

La ausencia de Aziz había trastornado la dinámica del grupo. Los cambios llevados a cabo en la puesta en escena habían debilitado la actuación de algunos. Mikaël procuraba en lo posible guardar la calma, no dejar traslucir el más leve asomo de aprensión y multiplicar sus palabras de aliento. Pero estaba conmocionado. Había reaccionado mal ante Aziz. En el fondo, no tenía idea de lo que Aziz había vivido realmente en su país, del tormento que padecía cuando imaginaba los últimos instantes de la vida de su hermano. ¿Éste habría comprendido lo que le estaban pidiendo? ¿Sería consciente de la barbarie de su acto? ¿Lo habrían manipulado hasta el final? ¿Se habría visto obligado a cometer lo impensable? Esas preguntas sin respuesta despojaban su texto sobre la guerra de su pertinencia, lo remitían a su impotencia. Su angustia era inmensa. Su tristeza lo era todavía más.

Una hora antes del comienzo de la actuación, para su estupor, su nerviosismo disminuyó de golpe. ¿Acaso se había anestesiado sin saberlo a fin de protegerse de sus crecientes temores? Fue a sentarse entre el público y no en la mesa de control del regidor, como tenía pensado hacer. El espectáculo comenzó con algunos minutos de retraso, pero todo discurría bastante bien teniendo en cuenta que era la noche del estreno. Aun así, no lograba concentrarse en lo que veía y oía. Como si su propio texto lo disgustara y lo avergonzara. Se esforzaba por tomar nota mentalmente de la actuación para comentarla con los actores una vez acabada. No olvidaba que se trataba también de un ejercicio pedagógico. Pero perdía el hilo de la obra, se desconcentraba y se descubría a sí mismo pensando en el hermano de Aziz. Imaginaba a un niño de nueve años con un cinturón de explosivos pegado al vientre, oculto bajo la camisa. Lo veía entre otros niños que asistían también a un espectáculo. En su caso, no se trataba de una historia de guerra como la que él estaba viendo, sino de una historia que simplemente los hacía felices. Oía sus risas. El tío de Aziz había mencionado un espectáculo de marionetas. Le habría gustado saber si a ese niño cargado de explosivos se le habría olvidado por un momento la mano sobre el detonador, cautivado por los movimientos de las marionetas; si finalmente el destino trágico de Aziz y su hermano habría podido desviarse de su trayectoria.

Cuando la función estaba llegando a su fin, Mikaël andaba inmerso en sus pensamientos. Fue el silencio causado por la sorpresa de los actores lo que lo sacó de su mundo interior. Aziz estaba en el lado izquierdo del escenario, había aparecido como por arte de magia. Llevaba su abrigo de invierno y su bufanda roja enroscada al cuello. Acababa de entrar, en sus hombros todavía se atisbaban restos de nieve derretida. A su alrededor, Mikaël percibía el desasosiego del público. Sin duda, los espectadores se preguntaban si la entrada de aquel muchacho formaba parte del espectáculo. Vestido de esa forma, contrastaba con el decorado desértico. La arena había ido desapareciendo conforme la obra avanzaba. El suelo no era ya más que una placa de luz que confería a los actores una dimensión poética o espectral, según donde se encontraran. Tras unos instantes de vacilación, el espectáculo retomó su curso, pero ya nada era igual. Un sentimiento de gravedad había invadido el espacio, envolviendo a los actores y a los espectadores con su difusa presencia.

Aziz avanzó un paso.

—Escúchame, soldado. Me llamo Sony y tengo siete años.

Así fue como se dirigió al actor que hacía de asesino de sus padres. Dio otro paso en su dirección.

—Escúchame, soldado. Me llamo Aziz y tengo nueve años.

Dio un paso más.

—Escúchame, soldado. Me llamo Amed y tengo veinte años. En mi mente hay otros nombres y edades, muchos otros. Quien te habla nunca está solo. Lleva un país en miniatura en la cabeza. Acabas de matar a mis padres. A mi padre le cortaste las manos con tu enorme cuchillo dentado y luego le rebanaste la garganta. Tu gesto fue preciso, espléndido. Has debido de tener numerosas ocasiones para practicarlo y darle esa gracia. Y no perdiste nada de tu destreza y concentración cuando abatiste a mi madre con tu hermosa y flamante metralleta. ¿Quién te la ha regalado? Es un regalo, ¿no? Cuánto parece gustarte y qué cuidada la tienes… Pero llevas la ropa sucia y hecha jirones. Tienes el cabello gris por el polvo y las manos teñidas de sangre. Los hombros se te encorvan y la mirada se te ha roto como una piedra. Me extraña que me pidas que te cuente una historia. Soy joven, y a tus ojos, no más que un niño. ¿Para qué necesitas oír una historia de labios de un niño? ¿Acaso no ves en mí a un niño cuando me miras? ¿O sólo ves a tu hijo? Porque tú también tienes un hijo. Un hijo que se parece a mí. Que se parece a nosotros. A mi hermano.

Aziz se acercó al centro del escenario. La luz que ascendía desde el suelo alargaba su silueta. Parecía una llama muy erguida aspirada por el cielo. Se dirigió al público.

—¿Qué edad tienes? ¿Cómo te llamas? Tienes la edad y el nombre propios de un padre, pero tienes otros nombres y muchas otras edades. Me podría dirigir a ti como si fueras mi hermano. En lugar de la metralleta que sujetas entre las manos con tanto ensañamiento, podrías llevar un pesado cinturón de explosivos alrededor de la cintura. Tu mano descansaría en el detonador y tu corazón sobre el mío. Y me pedirías que te contara una historia para impedir que te quedaras dormido y que tu mano, por inadvertencia, pulsara el detonador. Y yo te hablaría hasta el final de los tiempos, ese final a veces tan cercano.

Aziz se quitó la larga bufanda y acto seguido el abrigo. Mikaël tuvo entonces la sensación de que, de toda la sala, sólo lo estaba mirando a él. Pero sabía que aquella noche todos los espectadores sentirían lo mismo.

—Escúchame, soldado. Incluso en esta penosa situación en la que me encuentro puedo pensar. Me aseguras que me dejarás vivir si te doy una razón de peso para hacerlo. Si acaparo tu atención con una historia que te haga escapar de tu odio. No te creo. No necesitas que te cuenten una historia. Y, sobre todo, no te hace falta una razón para no abatirme como un perro. ¿Quieres saber qué hago hablándote como a un amigo? Lloro a mi padre, lloro a mi madre y también a todos mis hermanos. Tengo miles.

Amed dio un último paso hacia el público.

—No, no necesitas tener una razón o tener simplemente razón para hacer lo que crees que debes hacer. No busques en otro sitio lo que se halla en ti. ¿Quién soy yo para reflexionar por ti? Yo también tengo la ropa sucia y hecha trizas. Y el corazón se me ha roto como una piedra. Y lloro lágrimas que me desgarran el rostro; pero, como ves, te hablo con voz sosegada. Mejor dicho, pacífica. Te hablo con la paz en la boca. Te hablo con la paz de mis palabras, de mis frases. Te hablo con una voz que tiene siete años, nueve, veinte, mil. ¿La oyes?

Dos hermanos, de Larry Tremblay,
se terminó de imprimir en julio de 2016
en los talleres de
Litográfica Ingramex, S.A. de C.V.
Centeno 162-1, Col. Granjas Esmeralda, C.P. 09810
Ciudad de México.